致命傷

栄次郎江戸暦23

小杉健治

時代小説

二見時代小説文庫

目次

致命傷——栄次郎江戸暦23

『致命傷——栄次郎江戸暦23』の主な登場人物

矢内栄次郎《やないえいじろう》……一橋治済《ひとつばしはるさだ》の庶子。三味線と共に市井《しせい》に生きんと望む。田宮流抜刀術の達人。

矢内栄之進《えいのしん》……矢内家の家督を継いだ栄次郎の兄。御徒目付《おかちめつけ》を務める御家人。

おそめ……駒形町の足袋《たび》屋『守田屋』の美しい次女。

清吉《せいきち》……目鼻立ちの整った二十二歳の瓦職人。おそめの許婚《いいなずけ》だった若者。

欽之助《きんのすけ》……浅草奥山の露天の縄張りや香具師《やし》を仕切る『江戸屋』の主。

欽三《きんぞう》……欽之助の二十五歳になる伜。おそめに言い寄る不気味な感じの男。

お糸《いと》……清吉への復讐に燃える父欽之助の身を案じる江戸屋の末娘。

安蔵《やすぞう》……清吉の兄貴分だった瓦職人。

勘助《かんすけ》……『江戸屋』の欽之助の飼い犬のような岡っ引き。

八十吉《やそきち》……勘助の手下。勘助同様に欽之助の息がかかった、ずるがしこい男。

お秋《あき》……以前矢内家に女中奉公をしていた女。八丁堀与力・崎田孫兵衛の妾《めかけ》となる。

崎田孫兵衛《きたまごべえ》……お秋を腹違いの妹と周囲を偽り囲っている、南町奉行所の年番方与力。

作造《さくぞう》……清吉を助けた足の悪い老人。

木戸松次郎《きどまつじろう》……勘助に手札を与えている定町廻り同心。

伝助《でんすけ》……今戸に住む瓦職人。清吉と安蔵の親方だった。

第一章　五年前

一

中秋《ちゅうしゅう》の名月が近い。大川《おおかわ》の川面が月明かりを照り返してきらきら輝いている。背後に駒形堂《こまがたどう》の常夜灯の明かり。そして、そばにおそめがいる。清吉《せいきち》は夜の帳《とばり》に包まれながらも明るい明日の手応えを嚙みしめていた。

清吉は瓦職人で二十二歳、おそめは駒形町の足袋屋《たびや》『守田屋《もりたや》』の次女で十七歳。ふたりの出会いは、三年前に『守田屋』の瓦の葺《ふ》き替えをしたときだった。

清吉は目鼻だちの整ったきりりとした顔立ちで、女たちに騒がれた。おそめも富士額に三日月眉の美しい顔立ちで、姉のおたかとともに美人姉妹として評判だった。

「きょうの昼間、『江戸屋《えどや》』の欽三《きんぞう》さんがやって来たの」

おそめが憂鬱《ゆううつ》そうな顔で言う。

「あの男が？　まだ諦めていないのか」

清吉は驚いて言う。

「そうなの。おとっつあんに頼んでいたの」

「ほんとうか」

さっきまでの弾《はず》んだ気持ちが急に萎《な》えてきた。

欽三は浅草奥山《あさくさおくやま》の露店の縄張りや香具師《やし》を取り仕切っている『江戸屋』の主人欽之《きんの》助《すけ》の伜《せがれ》だ。三つ年上の二十五歳、眉毛が薄く、唇がやけに赤い。無気味な感じの男だ。気が短く、すぐ怒りだす。

十日ほど前、『守田屋』に行くと、おそめに言い寄っている男がいた。それが、欽三だった。

おそめが逃げるように清吉のところにやって来た。

「なんだ、おめえは？」

「おそめさんの許嫁《いいなずけ》だ」

「おめえが清吉か」

「そうです。私はこのひとと祝言《しゅうげん》を挙げることになっているんです」

「こんな男のどこがいいんだ？」

欽三が口許《くちもと》を歪《ゆが》めた。

「俺たちは夫婦になるんだ。だから、もう近付かないでくれ」

「おそめ。よく考えるんだ。この浅草の地で商売をしていくなら『江戸屋』の倅の俺と所帯を持ったほうが、おめえの親父のためでもあるぜ。おめえだって、ぜいたくに暮らせるんだ」

「私は贅沢《ぜいたく》なんて望みません」

「ちっ。まあ」

欽三はぶつぶつ言いながら引き上げた。


それで、もう諦めたのかと思っていたのだ。だが、まだ諦めていなかったようだ。

「こうなったら、早く祝言を挙げよう」

清吉は早くいっしょに暮らしたいという気持ちとは別に、祝言さえしてしまえば、もう欽三も何も出来まいと考えたのだ。

「そうね。おとっつあんに相談してみます」

「俺は何があっても、おめえを守る」

「私だって、清吉さんについていきます」

「うれしいぜ、送っていこう」

「はい」

通りに向かって歩きだしたとき、ふと誰かの視線を感じた。

はっとして駒形堂に目をやると、境内に人影があった。

「欽三……」

清吉は思わず呟いた。

「行こう」

清吉はおそめの手を引っ張って急ぎ足になった。


翌日、清吉は田原町《たわらまち》の普請場で朝から働いていた。

清吉は積み重ねた瓦を肩に担いで軽快に梯子《はしご》を上った。屋根には兄貴分の安蔵《やすぞう》が口にくわえた釘から一本を抜き、細い体を丸めて瓦に打ちつけている。

安蔵の近くに瓦を置き、清吉も泥を塗った上に瓦を置き、釘で打っていく。屋根は斜面で滑りやすく、命綱《いのちづな》をつけての作業だった。

清吉が瓦職人になって七年になる。棒手振《ぼてふ》りで野菜を売っていたが、清吉には商売の才がないのか、いつも売上げは少なかった。それを聞いた長屋の大家《おおや》が、力も強く、高いところも平気なので、瓦職人の伝助《でんすけ》親方の内弟子《でし》に世話してくれたのだ。

「よし、終わった」

安蔵が満足そうに言う。すでに辺りは薄暗くなっていた。台所から夕餉《ゆうげ》の支度のいい匂いが漂ってくる。

田原町の鼻緒問屋の『志田屋《しのだ》』で傷《いた》んだ瓦の葺き替えの仕事もあと僅かだ、明日で終わりそうだった。

安蔵に続き、清吉も梯子を下りようとした。そのとき、塀の外に欽三の顔が見えた。

「清吉、どうした？」

安蔵が見上げてきいた。

「へえ」

清吉は暗い顔で梯子段を下りた。

「どうした？」

「欽三が……」

清吉は顔をしかめた。

「欽三が」

安蔵は太い眉を寄せたが、

「気にするな」

と言い、後片付けをした。

欽三のことは、安蔵も知っている。

『志田屋』の番頭に挨拶をし、ふたりは普請場をあとにして、今戸《いまど》の親方の家に向かった。

するといくらも歩かないうちに欽三が追いついてきて、前にまわり、行く手に立ちふさがった。

「なんですか」

清吉は顔をしかめた。

「話があるんだ。ちょっと顔を貸してもらおう」

「話なんてねえ」

清吉は突っぱねる。

「そうかえ。じゃあ、おそめの親父の店がどうなってもいいっていうんだな」

「どういうことだ?」

「客が来なければ店は潰《つぶ》れてしまうっていうことだ」

「なに」

「柄《がら》の悪い男どもが店先に居すわっていたら、客は薄気味悪くて店に入れないだろう」

「そんないやがらせを？」

清吉はかっとなった。

「おめえとの話し合い次第ではそうなるってことだ。どうだ、顔を貸すか」

「わかった」

清吉は応じた。

「清吉、行くな」

安蔵が袖を引いて止める。

「いや、きょうこそ話をつけてくる」

清吉は腹を括《くく》った。おそめに二度と近付くなと言い含めるつもりだ。

「安蔵兄い。先に行っててくれ」

「だめだ。行くんじゃねえ。話なら、この辺りですればいい」

「こっちだ」

欽三が急《せ》かす。今戸とは反対方向だ。

清吉は欽三のあとに従い、東本願寺《ひがしほんがんじ》前を過ぎて菊屋橋《きくやばし》を渡った。そして、新堀川《しんぼりがわ》沿いを北に向かう。

「どこまで行くんだ？」

清吉は不快になってきく。

「もうすぐだ」

「話ならここでも出来る」

「つべこべ言うな」

欽三は顔をしかめて言う。

浅草田圃《たんぼ》に出る手前にある寺の脇の道を入った。辺りは人気《ひとけ》もなく、真っ暗だ。寺の裏手で、欽三が立ち止まった。銀杏《いちょう》の樹の後ろから三人の男が現れた。

「なんだ、こいつらは？」

清吉は怒鳴る。

「俺の仲間だ」

欽三がにやついて言う。

「一対一で話せねえのか」

「おめえが話のわかる男ならそうしたろうが、あいにくおめえは頭が固いからな」

欽三は口許を歪めた。

「おそめのことならはっきり言ったはずだ。おそめは俺の女房になる女だ。おまえさんの出る幕はねえ。話を蒸し返すな」

清吉は突き放すように言う。

「蒸し返すだと？　話は済んでねえんだ。蒸し返すもなにもねえ」

「何度言ったらわかるんだ。おめえは関係ねえ」

「そんなこと決まったわけじゃねえ。おそめだって、ほんとうはおめえより俺のほうがいいと思っているんだ」

「いいか。はっきり言っておく。おそめに近付くな」

清吉は息巻いた。

「口で言ってわからないなら、仕方ねえ。おい、やっておくれ」

欽三が言うと、三人が近付いてきた。

「悪いが、ちょっと可愛がってやるぜ」

目つきの鋭い男が前に出て来た。

「そんな威《おど》しに屈しはしねえ」

「そうかえ」

そう言いながら、いきなり相手が胸倉をつかみかかった。清吉は素早く相手の腕の下をくぐって体当たりをした。

清吉もよろけたが、相手は仰向《あおむ》けにひっくり返った。

「この野郎」

背後から別の男が飛びかかって首に腕を巻いてきた。清吉は後ろの男の腹に思い切り肘打《ひじう》ちをした。

男は呻《うめ》いて首から手を放した。

「どけ」

さっき仰向けにひっくり返った男が匕首《あいくち》を構えていた。

「そんなものに頼らねえと、かかってこれねえのか」

清吉は吐き捨てる。

「覚悟しやがれ」

男は腰に匕首をあてがい、突進してきた。清吉は横に倒れながら跳んで逃れ、すぐに立ち上がったが、相手は今度は上から振りかざしてきた。身を翻《ひるがえ》して切っ先を避ける。左の二の腕に痛みが走った。

清吉は二の腕を押さえてあとずさる。他のふたりも匕首を構えていた。

「殺すな。殺すと、あとが面倒だ。二度と働けねえような体にさせるだけでいい」

欽三が含み笑いをした。

「右腕と脚の筋《すじ》を切ってやろう」

男はにやついて迫ってきた。清吉は寺の塀際に追い詰められた。

そのとき、提灯《ちょうちん》の明かりがこっちに向かってきた。

「おい、そこで何をしているんだ」

大声がした。

「拙《まず》い。匕首を仕舞え」

欽三があわてて言う。

岡っ引きの勘助《かんすけ》と手下の八十吉《やそきち》が駆けつけてきた。

「これは親分さん」

欽三がおもねるように声をかける。

「なにしているんだ？」

勘助がいかつい顔できく。

「へえ、ちょっと話し合いをしていたんですよ」

「清吉、その腕はどうしたんだ？　血が出ているんじゃねえのか」

八十吉が提灯の明かりを清吉の腕に向けた。

「どうしたんだ？」

勘助が欽三と清吉を交互に見る。

「なんでもねえんですよ。なあ、清吉」

欽三が声をかける。

「へえ、木の枝に引っかけてしまって」

清吉はほんとうのことを言って逆恨みをされても困ると思って、そう言ってしまった。

「ほんとうか」

「へえ」

「そうか。おめえたち、懐に何か持っているんじゃねえのか」

勘助が三人の男に顔を向けた。

「親分。もういいでしょう」

欽三がにやついて、

「うちの親父に、親分に会ったってことを話しておきますから」

と、言う。

「わかった。もう、いい」

勘助があっさり答えた。おそらく、あとで欽三の父親欽之助から小遣いが手渡されるに違いない。

「行こう」

欽三は三人に声をかけて引き上げた。

欽三たちを見送ってから、

「どうしてここに？」

と、清吉は八十吉にきいた。八十吉は色白で女のような顔をしているが、目つきは鋭く、陰険な感じがする。安蔵とは以前からの知り合いらしい。お上《かみ》の御用を笠に着て、陰じゃあくどいこともしていると、安蔵から聞いたことがある。

「安蔵が知らせてくれたんだ。おまえさんが欽三に誘われた。何かあるといけねえからって」

「安蔵兄いが？」

「ああ、ちょうど親分もいっしょだったんで探しまわっていたんだ」

八十吉が答える。

「清吉、ほんとうは何があったんだ？」

勘助が渋い顔できいた。

「ちょっとしたいざこざで」

清吉は詳しいことは言わなかった。だが、勘助の目は鈍く光った。

「早く手当てをしてもらうんだ。いくぞ」

勘助は八十吉に声をかけて通りに向かった。

清吉も遅れてあとを追う。山門の前に行くと、安蔵が待っていた。

「だいじょうぶだったか。やっ、怪我をしているじゃねえか」

「かすり傷だ」

「早く手当てをしたほうがいい」

心配そうに声をかけた。

「安蔵兄いが親分に知らせてくれたそうじゃないか。おかげで助かった」

「たまたま八十吉を見かけたので、頼んだのだ」

安蔵と八十吉は同じ長屋で暮らしていて親しい間柄だった。安蔵の言うことだから、八十吉も親分を動かしてくれたのだろう。

「欽三の用はなんだった？　やはり、おそめさんのことか」

新堀川に出て、安蔵がきく。

「そうだ。なかなかしつこい」

「親父の威光を笠に着やがって」

安蔵は不快そうに顔をしかめたあとで、

「おそめさんの親父さんに何もなければいいが」

「それらしきことを口にしていた」

香具師の元締である欽三の父親欽之助は浅草奥山のとりまとめを浅草寺《せんそうじ》から任されており、奥山で商売する者はすべて欽之助の許しを得なければならなかった。

おそめの父親は駒形町で足袋屋をやっている。商売をする上では欽之助に気を使わねばならぬことはないが、歯向かえばいやがらせをされるので、あの界隈《かいわい》の者は欽之助に気を使っている。

「欽三の奴、親父さんに泣きついて何かするといけねえ。清吉、こうなったら、早く祝言を挙げてしまうんだ。人妻にちょっかいをかけたってことなら勘助親分も乗り出せる」

「あっしもそう思っているんだ」

その不安が現実のものになったのは、それから三日後だった。

その日の昼間、清吉が駒形町の『守田屋』に行くと、ちょうど店から長い羽織を着た五十歳ぐらいの男が出て来た。四角い顔の男だ。

欽之助だった。その後ろに、半纏《はんてん》姿の男がふたりいた。

「おめえが清吉か」

欽之助はぎょろ目で睨《にら》む。

「へえ」

清吉は頭を下げる。

「これから、おめえの親方のところに行く」

「親方のところに何か」

清吉は訝《いぶか》った。

「おそめのことだ。親方からおめえがおそめと所帯を持つことを諦めるよう言ってもらおうと思ってな」

「…………」

「おそめの父親はわかってくれたぜ」

「どういうことですか」

清吉は驚いてきく。

「俺もおそめが気に入っているんだ。どうしても、伜の嫁になってもらいたいんだ。俺の思いを伝えたら、わかってくれた」

「嘘だ」

「嘘じゃねえ。そうなれば、『守田屋』の商売はますます繁盛するからな」

欽之助は笑いながら、

「清吉、おめえには俺がいいかみさんを世話しよう。わかったな」

「いらねえ」

吐き捨てて清吉は『守田屋』に駆け込んだ。

「おそめさん」

清吉は胸騒ぎがして勝手に部屋に上がった。

居間に行くと、おそめが泣いていた。傍《かたわ》らで、父親と母親が悄然《しょうぜん》としている。

「おそめさん、どうしたんだ？」

「清吉さん」

おそめは顔を上げたが、すぐ清吉から逃げるように部屋を飛び出した。

「おそめさん」

あとを追おうとすると、

「待て」

と、父親が呼び止めた。

「清吉、おそめを諦めてくれ」

「なんですって」

清吉は脳天を殴られたような衝撃に思わず目眩《めまい》がした。

「『江戸屋』の旦那に何を言われたんですか」

清吉は父親の前に腰を落として迫った。

「おそめを『江戸屋』の欽三さんのもとに嫁にやることにした」

「冗談はやめてください」

清吉は声が引きつった。

「冗談じゃない。そうしないと、俺たちはここで商売をしていられなくなる。それに、おめえも職人としてやっていけねえんだ」

「何言っているんですね。江戸屋の威しなんかに負けちゃいけねえ」

「清吉、わかってくれ。おそめも納得したのだ」

「嘘だ」

清吉は立ち上がって部屋を飛び出す。

「おそめさん」

清吉は叫びながらおそめの部屋を覗いた。おそめはいなかった。庭に出てみた。しかし、おそめの姿はない。

下から物干しを見上げる。おそめがいる気配はない。

清吉は外に飛び出し、駒形堂に向かう。

駒形堂の横から大川に向かう。すると、波うち際に、おそめが立っていた。だが、横に男がいるのに気づいてはっとした。

欽三だ。清吉はふたりに駆け寄った。

「おそめさん」

はっとしたように、おそめが振り返った。

「清吉か」

欽三が不敵に笑った。

「何しにきた？」

「おそめさんに用がある」

清吉は叫ぶ。

「おそめさんはもうおめえには用はないそうだぜ。なあ」

欽三は馴れ馴れしくおそめに声をかけた。

「おそめさん。いったいどうしたって言うんだ？」

「清吉さん」

おそめが声を詰まらせた。

「清吉。おそめは俺と祝言を挙げることになったんだ。もうおめえはおそめとは関わりはねえんだ。引っ込んでいろ」

「いい加減なことを言うな」

「じゃあ、おそめにきいてみな」

「おそめさん」

清吉はおそめの顔を見た。

「清吉さん、ごめんなさい。こうするしかなかったんです」

「………」

清吉は啞然となった。

「きさま。おそめさんの親を威したな」

清吉は欽三につかみかかった。

「なにしやがる。放せ」

欽三が清吉の手首をつかんだ。清吉はその手を振り払い、いきなり欽三の頬を拳《こぶし》で殴った。

欽三は仰向けにひっくり返った。

「俺はおそめさんを誰にも渡さねえ」

清吉は欽三を見下ろして叫ぶ。

「このやろう」

欽三は立ち上がった。

「てめえ、許せねえ」

欽三は懐に手を入れた。清吉ははっとした。欽三の手に、匕首が握られていた。

「やめて」

おそめが叫んだ。

「おそめさん。おめえをこんな奴にやるわけにはいかねえ」

清吉は声を絞り出した。

「てめえなぞ、目障《めざわ》りだ。ここで消えてもらう」

欽三が匕首を突き出す。清吉が飛び退《の》く。続けて、何度も切っ先を突き出してくる。

そのたびに、清吉はのけ反りながら避ける。

「誰か」

おそめが悲鳴を上げて走って行く。

突き出した匕首を引いた隙をとらえ、清吉は思い切って飛びかかって、欽三が匕首を持つ手をつかんだ。欽三はあっと声を上げたが、すぐにもう一方の手で清吉の顔面を殴ってきた。

清吉は足をかけた。欽三は体勢を崩した。だが、欽三は清吉の体をつかんだ手を離さなかった。そのままふたりは倒れ込んだ。

欽三が呻《うめ》いた。欽三の力が抜けた。清吉の体をつかんでいた手がすっと下がった。

清吉ははっとした。

「おい、どうした?」

清吉は体を起こして欽三の様子を探る。あっと叫んだ。欽三の後頭部から血が流れていた。頭の下に大きな石があった。倒れた拍子に、頭を打ちつけたのだ。

「おい」

清吉は体を揺する。しかし、反応はない。

「おい、しっかりしろ」

清吉はうろたえた。

足音が聞こえ、清吉はあわてて立ち上がった。

「清吉」

駆けつけたのは安蔵だった。おそめもいっしょだった。

「安蔵兄い」

清吉は茫然と言う。

「どうした？」

おそめが息を呑んだ。

安蔵は倒れている欽三を見て、驚いて駆け寄った。やがて、首を横に振った。

「これから自身番に行く」

清吉は観念して言う。

「だめだ」

安蔵があわてて言う。

「『江戸屋』の旦那の欽之助は伜を殺されたら絶対に許さねえ。勘助親分に清吉を差し出せって迫るはず。勘助はそれを断れねえはずだ」

「清吉さんを殺すっていうの？」

おそめが悲鳴のような声できく。

「奉行所のほうはなんとかする。『江戸屋』の連中に気づかれないところに行くんだ。ほとぼりが冷めるまで江戸を離れているのだ」

「…………」

「清吉。逃げろ」

「どうしたらいいんだ？」

「そうだ」

「行く当てはねえ」

江戸生まれの清吉は一度も江戸を離れたことはなかった。

「俺の生まれ故郷は上州木崎《じょうしゅうきざき》だ。そこの木崎宿の真ん中辺りに『信州庵《しんしゅうあん》』というそば屋がある。卯平《うへい》というとっつあんがやっている。この卯平とっつあんを頼れ。俺の名を出せば悪いようにはしないはずだ。ともかく、そこで一年待て」

「安蔵兄い、すまねえ」

「いいか、自棄《やけ》を起こすんじゃねえ。『江戸屋』の欽之助だっていい歳だ。あと何年生きるかわからねえ。それより、月日が経って落ち着けば欽三のほうが悪かったとわかるはずだ。必ず、ほとぼりは冷める。それまでの辛抱だ。そのときは、卯平とっつあん宛てに手紙を書く」

「なにからなにまで、このとおりだ。そうさせてもらう」

清吉は頭を下げてから、おそめを見て、

「おそめさん」

と、手をとった。

「清吉さん。私、待っているわ。必ず、帰ってきて」

「ああ、必ず、帰ってくる。何年かかるかわからねえが、必ず帰る。そんときはおめえを俺の嫁に……」

「清吉、急ぐんだ。俺は死体をどこかに隠す。今夜中に板橋宿《いたばししゅく》まで行くんだ。死体が発見された頃には江戸から離れているんだ」

「わかった」

「おそめさんのことは、おめえが帰ってくるまで俺が守っている。おそめさんも誰にも見られないように早くここを離れるんだ」

「はい」

「安蔵兄い、いったん長屋に帰って支度しすぐ旅立ちます。おそめさん、達者で」

清吉はいったん阿部川町《あべかわちょう》の長屋に帰り、貯えの金を全部持ち、取り敢えずそのままの格好で出かけた。

旅の支度は板橋宿ですればいい。町木戸が閉まる夜四つ（午後十時）までに、清吉は江戸を出るために御徒町《おかちまち》を突っきり、池之端仲町《いけのはたなかちょう》から湯島切通《ゆしまきりどお》しを経て中仙道《なかせんどう》に入り、夜の道を板橋宿へと急いだ。

二

晩秋の風は冷え冷えと感じる。草木も枯れはじめ、木々も葉を落としていく。大川の川面も寒々として、対岸に向かう御厩《おんまや》の渡し船を見ているとなぜかもの悲しくなっていた。

矢内栄次郎《やないえいじろう》は浅草黒船町《くろふねちょう》にあるお秋《あき》の家の二階から外を眺めていた。部屋の真ん中にはさっきまで稽古をしていた三味線《しゃみせん》の撥《ばち》が置いてある。

目に映る風景がこのように寂しく身に沁みるのははじめてかもしれないと、栄次郎は思った。

栄次郎は御家人の矢内家の部屋住《へやずみ》である。武士でありながら栄次郎は三味線弾きでもあった。長唄《ながうた》の師匠杵屋吉右衛門《きねやきちえもん》から杵屋吉栄《きちえい》という名をもらっている。

先月の市村座《いちむらざ》で地方《じかた》を務める予定だったが、突然栄次郎は腕の腱《けん》を傷《いた》め、激痛から三味線が弾けなくなってしまったのだ。

市村座に備えて毎日の猛稽古だけでなく、栄次郎は毎朝剣の素振りを半刻（一時間）ほどしている。そのせいで、手首に負担が多くかかってしまったのかもしれなかった。

ようやく痛みは引いたが、稽古が出来なかった長い空白期間が三味線の腕を落としていた。結局、市村座は辞退しなければならなかったのだ。武士を捨ててでも三味線弾きとして身を立てたいと思っていた栄次郎にとってははじめての挫折《ざせつ》であった。

だが、栄次郎を憂鬱にさせている理由がもうひとつあった。

兄栄之進《えいのしん》は書院番の大城清十郎《おおしろせいじゅうろう》の娘美津《みつ》と縁組をした。兄が美津を気に入ったのだ。だが、この縁組に栄次郎は最初から気になっていたことがあった。それは家格の差だ。

三千石の旗本に対して矢内家は二百石の御家人である。なぜ、大城清十郎ははるか格下の矢内家に娘を嫁に出す気になったのか。

この縁組には岩井文兵衛《いわいぶんべえ》の仲立ちがあった。かつて、文兵衛は今の大御所治済《はるさだ》が一橋《ひとつばし》家当主だった頃に、一橋家の用人をしていた。そのとき、治済の近習番を務めていたのが矢内の父だ。そして、その治済が旅芸人の女に産ませた子が栄次郎である。

栄次郎は矢内家に引き取られ、矢内栄次郎として育てられた。

大城清十郎は栄次郎の出生の秘密を知って、身分の低い矢内家に娘美津を嫁がせようとしていたのではないか。

美津を嫁にと狙っていた旗本の子息は多い。その者たちは同じ大身《たいしん》の旗本の息子に嫁ぐならまだしも、美津が御家人の家に嫁ぐことは受け入れられなかった。

栄次郎さえいなければ美津と御家人の矢内栄之進との縁組を思い止《とど》まらせることが出来る。それで栄次郎の暗殺を企てた者がいたのだ。

このことを知った兄栄之進はこの縁組を辞退することにしたのだ。

「大城さまがわしの弟が大御所さまの子だから娘を嫁がせたのだとしたら、美津どのも不幸だ。それに、そなたにも大きな負担をかけてしまうからな」

しかし、それからの兄はめっきり口数が少なく、元気をなくしていた。兄が美津を気に入っていることを、栄次郎が一番わかっていた。

寂しそうな兄を見るたびに、栄次郎は胸が締めつけられてきた。

二階の窓から見る晩秋の景色が栄次郎にもの悲しく映るのはこのふたつのせいだ。

「栄次郎さん、入りますよ」

お秋が襖《ふすま》を開けて入ってきた。

行灯《あんどん》に灯を入れたあとで、お秋の声がした。

「まだ、手首が痛むんですか。糸の音が聞こえないので」

と、きいた。

「痛みはないのですが……」

痛みはないが思うように弾けないのだという言葉を呑んだ。一日稽古を休めば、もとに戻るのに三日かかった。それがひと月近くも弾いていなかった。だから元に戻るにはもっと日数が必要だとわかっていた。

だが、以前のように三味線と撥と自分自身が一体になるという感覚が得られないのだ。栄次郎はそのことに衝撃を受けていた。

「もう冬も間近ね」

お秋は栄次郎の横に立って窓の外を眺める。

「この季節はどうして風景がもの悲しく見えるのかしら」

「お秋さんも、そう見えるのですか」

「お秋さんもって、栄次郎さんも？」

「私だけかと思ってました。そうですか、お秋さんも……」

栄次郎は自分だけかと思っていたことが、そうではないと知ってほっとした。

「栄次郎さん。ちょっと変よ」

お秋が訝《いぶか》しそうに見た。

「ええ、確かに自分でもちょっとおかしいと思っていました。でも、いつも明るく元気なお秋さんもこの風景がもの悲しく見えると知って安心しました」

「ひょっとして、栄次郎さんはこれまで晩秋の風景を眺めて何も感じていなかったの？」

お秋が不思議そうにきいた。

「そうでもありませんが」

「栄次郎さん、三味線が弾けないからって命をとられるわけじゃないんでしょう。だったら、気が沈むことを気にする必要はないわ」

お秋は昔矢内家に女中奉公していた女である。謹厳な母は、栄次郎が三味線に現《うつつ》を抜かすことを許すはずがなく、やむなくお秋の家の二階の一部屋を、三味線の稽古用に借りている。

「お秋さんの言うとおりです」

憑《つ》き物がとれたように、栄次郎はいつか元に戻るのだと自分の手を見つめた。兄のことだって、時が経てば美津への思いも薄らぎ、気持ちも落ち着いていくはずだ。いっときのことだと思うと、急に気が楽になった。

そんな思いで見ると、寒々としていた大川の川面も風に揺れる木々もこれから厳しい冬を迎えようとする潔《いさぎよ》さのようなものを感じた。心の持ちようで見る風景は違って感じられる。

「あら」

お秋が窓の下を覗き込んだ。

「どうしました？」

「『江戸屋』のお糸《いと》さんが下を」

栄次郎が覗き込むと、若い女がこの家の敷居を跨《また》いだようだった。

「行ってみます」

お秋が急いで下に向かった。

栄次郎は窓を閉め、部屋の真ん中に戻った。撥を握り、三味線を構える。まだ、指にはさんだ撥が手になじまない。手にものをつかんでいる感じがまだする。これも時が解決をする。そう思っていると、廊下からお秋の声がした。

「栄次郎さん」

襖を開けて、お秋が顔を出した。

「お願いがあるの。ちょっと来てくださらない」

「わかりました」

栄次郎は三味線を片づけ、部屋を出て階下に行った。

「こっちよ」

お秋は台所の横の小部屋に通した。

そこに十八ぐらいの娘が座っていた。

「栄次郎さん、『江戸屋』のお糸さんよ」

お秋が言う。

「お糸です」

「『江戸屋』さんというと、奥山で香具師の元締……」

「はい。欽之助の末娘です」

「栄次郎さん、お糸さんの話を聞いてやって」

お秋が口添えをする。

「なんでしょうか」

「その前に、私がこのようなお願いに上がったことを内密にしていただきたいのですが」

お糸は縋《すが》るような眼差しで言う。

「わかりました。ご安心ください」

「はい」

お糸は安堵したように、

「じつは、おとっつあんや兄さんたちの話を小耳にはさんで、それからいろいろ密《ひそ》かに調べただけで、詳しいことは知らないのです」

と、前置きをして話しだした。

「五年前に遡《さかのぼ》ります。私はまだ十三歳でした。五年前の秋、私の一番上の兄欽三が駒形堂の近くで亡くなったのです。まだ、二十五歳でした。そのとき、おとっつあんたちは殺気立って、次兄や若い衆に喧嘩の支度をさせていたのです。聞こえてくるのは、兄欽三は瓦職人の清吉というひとに殺されたということでした。なんでも、女のひとをめぐってのことだそうです」

お糸は息継ぎして、

「清吉は兄を殺したあと、そのまま江戸を離れ、それきり行方がわからないままでした。その半年後に若い衆が何人か旅に出たことがありました。清吉の居場所がわかって討ちに行ったのです。でも、その者たちは虚しく引き上げてきました。見つけられなかったようです」

栄次郎は黙って聞いている。

「その後は清吉の行方もわからず、歳月が過ぎていきました。ただ。兄欽三の祥月《しようつき》命日《めいにち》にはおとっつあんや次兄がいつも墓の前で敵《かたき》討ちを誓っているのです」

「しかし、肝心の清吉が江戸にいないのならどうしようもありませんね」

栄次郎は口をはさんだ。

「ところが、その清吉が江戸に戻ってくるそうなんです」

「戻ってくる？　どうして江戸に戻ってくるのがわかったんですか」

「上州からやって来た香具師が倉賀《くらが》野宿《のしゆく》で清吉らしき男に会ったそうなんです。三十ぐらいの細身で、五年ぶりに江戸に帰るところだと言っていたと」

お糸は真剣な眼差しで、

「おとっつあんはその話を聞いて、清吉に間違いないと考えたようです。それで迎え討つ態勢をとっているのです。でも、清吉ってひとを殺したらおとっつあんが罪に問われてしまいます。おとっつあんを人殺しにしたくないのです。おとっつあんに復讐をやめさせたいのです」

「ちょっと待ってください。清吉が帰ってくるなら、奉行所に訴えたほうがいいんじゃないですか。手配されているんでしょうから」

栄次郎は口をはさんだ。手配の者が江戸に帰ってくるとしたら、奉行所だって放っておかないはずだ。

「それが……」

「何か」

「兄は事故死ということになっているんです」

「どういうことですか」

栄次郎は問い返す。

「よくわからないのですが、世間には兄欽三は事故で死んだことになっています。ですから、奉行所は動いていないんです」

「………」

「たぶん、おとっつあんが清吉に仕返しをしたいから、岡っ引きに捕まえないように頼んだんじゃないかと思っているんですが」

「そうですか」

栄次郎は首を傾げた。

どのような状況でそれが出来たのかと、栄次郎は考えた。岡っ引きより先に『江戸屋』の者が欽三の亡骸《なきがら》を見つけたのだろう。

「お願いです。このままではおとっつあんは清吉というひとを殺してしまいます」

お糸は哀願するように、

「どうか、お力をお貸しくださいませんか」

「待ってください」

栄次郎は困惑して、

「私があなたのお父さまを説き伏せるのは難しいと思います」

欽之助とは面識はないのだ。

「いえ、おとっつあんを説き伏せて欲しいのではありません。それに、おとっつあんを説き伏せるのは無理です」

「では、どうしろと?」

「清吉を先に探し出し、すぐ江戸を離れるように言ってもらいたいのです」

「待ってください。私は清吉というひとに会ったこともないんです。仮に見つけ出せたとしても、見も知らぬ私の言うことを聞き入れてくれないでしょう」

「ですから、『江戸屋』の者が仇《かたき》を狙っているから帰るなと」

「そもそも、なぜ、清吉は江戸に帰ってくるのでしょうか。清吉が逃げたのは、殺したと思っているからでしょう。当然、町方に追われていると思っているのではないですか。それと、『江戸屋』の者の復讐。自分の身に危険が及ぶことがわかっていて、どうして江戸に帰ってくるのでしょうか」

「女のひとです」

「女のひとをめぐって争っていたということでしたね。そのひとの名前は？」

「駒形町の『守田屋』という足袋屋さんのおそめさんだそうです」

「おそめさんに会いに来るというわけですか」

「はい。ですから、『江戸屋』の若い衆はおそめさんの周辺を見張っているようです。お願いします。おとっつあんをひと殺しにさせたくないのです」

お糸は熱心に頼む。

栄次郎は頼まれたらいやとは言えない性分でもあったが、もともとお節介《せっかい》焼きで、ひとの難儀を見捨てておけないのだ。

「わかりました。やってみましょう」

栄次郎は請け負ってから、

「清吉というひとは何をしていたのですか」

「今戸の伝助親方のところの瓦職人だったそうです。五年前、おとっつあんは清吉から知らせがないか、何度も伝助親方のところにききに行っていたようです」

「伝助親方ですね」

栄次郎はまずそこに行って、清吉のことを知ることからはじめようと思った。

お糸が何度も頭を下げて引き上げたあと、栄次郎はお秋に確かめた。

「なぜ、お糸さんは私に？」

「ごめんなさい。ほんとうはお糸さんはうちの旦那に相談しようとして訪ねてきたの。私が南町与力の妹だと知って」

お秋は南町与力の崎田孫兵衛《さきたまごべえ》の腹違いの妹ということにしているが、実際は妾《めかけ》なのだ。

「でも、うちの旦那はそんなことを引き受けるようなお方じゃないし、お糸さんの話を聞いたら奉行所には秘密の話だし……」

「それで、私に……」

「ええ。栄次郎さんなら引き受けてくれると思って」

お秋は悪びれずに言う。

「明日からさっそく調べてみます。清吉はもう江戸に入っているかもしれません。今夜は旦那は？」

「今夜は来ないわ。だから、夕餉を召し上がってちょうだい」

「すみません」

栄次郎は素直に応じた。


夕餉をとって、栄次郎はお秋の家を出ると、駒形町の『守田屋』のほうにまわった。足の形をした屋根看板に、守田屋の金文字が月明かりに浮かび上がっていた。すでに大戸は閉まっている。

栄次郎はふと『守田屋』の向かいの家の脇の暗がりにふたりの男がいるのに気づいた。『江戸屋』の者だと思った。

やはり、清吉が現れるか見張っているのだ。少し離れた場所にもひと影があった。

清吉はなぜ今頃帰ってきたのか。

ほとぼりが冷めたと思ったのか。それともひと目だけでもおそめに会いたかったのか。

栄次郎はしばらく近くで待っていたが、清吉らしい男が現れる気配はなかった。

三

清吉は江戸に入って、真っ先に向かったのは今戸の伝助親方の家だった。五年ぶりの江戸だ。すぐにでもおそめに会いに行きたかったが、その前に安蔵に会ってこっちの様子をきくのが先決だった。

陽が沈むのを待って、清吉は入谷《いりや》から浅草寺の裏を通り、聖天町《しょうでんちょう》を経て今戸橋を渡った。遠回りをしたのは『江戸屋』の連中の目を警戒したからだ。

ほんとうにほとぼりが冷めたかどうかわからない。そう見えても、いざ清吉の顔を見ればたちまち恨みが蘇《よみがえ》るだろう。

清吉は菅笠《すげがさ》をかぶり、紺の股引《ももひ》きで格子縞《こうしじま》の着物を尻端折《しりはしょ》りし、振り分け荷物を肩にして周囲に目を配りながら伝助の家の近くまでやって来た。

この近辺の川沿いは瓦を焼く瓦師が多い。瓦以外に七輪《しちりん》や火消し壺、焙烙《ほうろく》、火鉢など、さらに月見兎や狸、五重塔などの土人形も焼いている。

屋根を葺く瓦職人の伝助の家もその並びにあった。

伝助の家から職人ふうの若い男が出て来た。見知らぬ顔だ。清吉の後釜《あとがま》かもしれない。

清吉は男に声をかけた。

「もし」

「あっしですか」

男は立ち止まった。色白の顔をしている。

「伝助親方のところの職人さんですね」

「ええ、そうですが」

「安蔵さんにお会いしたいんです。すみませんが、お呼びいただけないでしょうか」

清吉は腰を低く訊ねる。

「安蔵さんというひとはいません」

「そんなはずありません。安蔵さんは三十二、三歳で柔和な感じの……」

「いえ、いらっしゃいません」

「そんなはずはありません。五年前にはちゃんといたんです」

「私が親方のところで働くようになったのは三年前からです。あっ」

男は何かを思い出したように、

「そういえば、ひとり屋根から落ちて怪我をして、それで職人をやめたひとがいたと聞いています」

「そのひとの名は？」

「聞いていません」

「親方は今、いらっしゃいますか」

「ええ、います。じゃあ、急ぎますので」

男は急ぎ足で去って行った。

清吉は首を捻《ひね》った。屋根から落ちて怪我をした職人が安蔵なのだろうか。安蔵だけに会いたいと思ったが、そうもいかなかった。

いきなり失踪したことで、親方はさぞ怒り狂っていただろう。敷居が高いが、思い切って親方に会うしかないと思った。

まさか、親方が『江戸屋』に知らせるとは思えない。

深呼吸をして、清吉は親方の家の戸を開けた。

広い土間に入る。土間の隅には瓦が積んであった。明日の普請場で使うものだろう。その瓦を確かめていたのが伝助だった。

「親方」

笠をとって、清吉は呼びかけた。

伝助が振り返った。板の間にある行灯の明かりが届かない場所だが、顔付きが変わったのに気づいた。

「清吉か」

「へえ、親方。お久しぶりでございます」

「上がれ」

「いえ、あまり長居も出来ません。安蔵兄ぃはどうなさったんですか。さっき出て行った職人にきいたら、いないって言われました」

「おめえが江戸を離れて一年後に、安蔵は屋根から落ちてしまったんだ。足を傷めた。それから屋根に上れなくなっちまった」

「信じられません。安蔵兄ぃが屋根から落ちるなんて」

「風が強かったこともあるが、何か考え事をしていて注意を欠いたのだろう。それで、瓦職人をやめたんだ。いい腕を持っていたのに……。おめえに続いていなくなっちまって、こっちは痛手だった」

「へえ」

「おめえのことは安蔵から聞いている。安蔵の知り合いのところに厄介になっていたそうだな。そこでどのように暮らして……」

「親方。すまねえ、詳しい話はまたにしてくだせえ。で、安蔵兄いは今どこに？」

清吉はきいた。

「元の長屋に住んでいるのですか」

「いや、そこにはいねえ」

「じゃあ、どこに？」

「清吉、今夜はどこに泊まるんだ？　よかったらうちに泊まっていけ」

「へえ、ありがとうございます。それより、安蔵兄いはどこに？」

「…………」

「親方」

清吉はおやっと思った。どこか当惑しているような様子が見られた。

「安蔵兄いに何かあったんですかえ」

清吉は問い詰めるように迫る。

「清吉。こうしよう。明日の昼、橋場《はしば》の真崎稲荷《まさきいなり》に行け。安蔵にも俺からそう伝えておく。安蔵と話すのだ」

「…………」

清吉は不審を抱いたが、伝助は厳しい顔をして、

「『江戸屋』の連中はおめえのことを忘れていないのだ。まず、安蔵と話し合ってから今後のことを決めるんだ。いいな」

「親方、何かあったんですね」

清吉は伝助の態度を妙に思った。

「ともかく、俺の言うとおりにするのだ」

「なぜですか。なぜ、教えてくれないのですか」

「俺の言うとおりにするのだ」

伝助は強い口調で言った。

「わかりました」

渋々、清吉は承知をした。

「いいか、『江戸屋』の連中には気をつけろ。それから、勘助親分と手下の八十吉にも注意をするのだ」

「奉行所の手配はないんじゃ……」

江戸を離れて数か月後、安蔵から手紙をもらった。欽三の死は事故として始末されたと書いてあったのだ。

「あの殺しをなかったことにするのに勘助親分と八十吉も嚙んでいるのだ」

「そうだったのですか」

安蔵の手紙にはそこまで書いてなかった。

「明日だ。明日、安蔵と会ってからだ」

伝助はくどく念を押した。

その夜、清吉は入谷田圃の外《はず》れにある廃屋になった百姓家にもぐり込んで休んだ。なかなか寝つけなかったが、いつの間にか寝入り、夢におそめが出て来て目が覚めた。おそめが何か懸命に訴えていたが、声は聞こえなかった。

翌日の昼前、清吉は菅笠をかぶり、着物を尻端折りして真崎稲荷の境内の鳥居をくぐった。

境内にある水茶屋を覗いたが、まだ安蔵は来ていないようだった。拝殿の前に行き、手を合わせる。

「おそめが元気でありますように」

清吉は祈る。

ふと背後にひとの気配。はっとして、清吉は振り返った。

男が近付いてくる。羽織姿の商人ふうの男だ。落ち着いて、それなりの風格の男が安蔵と気づくまで間があった。五年前に比べ、だいぶ肥《ふと》っていた。

清吉は駆け寄った。

「安蔵兄い」

「清吉。久しぶりだ」

安蔵は笑みを浮かべた。笑うと目が線のように細くなり、柔和な顔立ちは以前のままだった。

「いろいろありがとうございました。手紙をもらって帰ってきました」

「『江戸屋』はおまえを許したわけではない。だから、用心をするのだ」

「はい」

「あのあと、欽三は……」

「安蔵兄い。ちょっと待ってくれ。おそめさんに会いたい」

「『江戸屋』の連中がうろついている。俺がうまく会わせる」

「頼みます」

おそめはまだ『守田屋』にいると、この前の手紙で書いてあった。嫁にも行かず、約束どおり、俺を待ってくれているのだ。

「清吉、その前におまえに話しておかねばならないことがある。ここじゃゆっくり話は出来ない。向こうに行こう」

裏口から境内を出て、大川端に行った。波打ち際に、波が寄せている。

安蔵は対岸の向島《むこうじま》に目をやった。大川の真ん中辺りに出た橋場《はしば》の渡し船が大きく上下に揺れている。波が意外と高いようだ。

「あれから五年か」

安蔵が目を細めて呟《つぶや》いた。

「安蔵兄い。話しておかねばならないことってなんだ?」

清吉は急かした。

「うむ」

安蔵は苦渋に満ちた顔を向けた。

「清吉。落ち着いて聞いてくれ」

「………」

清吉は不安に襲われた。

「ひょっとして、おそめさんは……」

安蔵が言いづらそうなのはそのことだと気づいた。

「嫁に行ったのか。兄い、どうなんだ?」

「そうだ」

「…………」

激しい衝撃を受けたように体がよろけた。

「でも、兄いの手紙には『守田屋』にいると……」

「おそめの姉が壻《むこ》をもらうことになっていたが、姉が嫁に行くことになったんだ、それで、おそめが壻をとって『守田屋』を守って行くことになったんだ」

清吉は波打ち際によろけるように進んだ。すぐ足元まで波が押し寄せる。

「俺が帰ってくるのを待っていてくれるんじゃなかったのか」

清吉は憤然と言う。

「清吉、よく考えてみろ。おまえが帰ってきても、もう人並みな暮しは出来ないんだ。『江戸屋』はおまえを殺そうとしているのだ。それより、おまえはひとを殺して逃げた男だ。そんな男がおそめさんを仕合わせに出来るのか」

「わかっている。でも……」

それでも待っていて欲しかったと、清吉は胸をかきむしりたくなった。

「あのとき、おまえが逃げたあと、おそめさんが知らせてくれて八十吉がまず駆けつけてきたのだ。そこで、俺は八十吉に事故として始末出来ないかと頼んだ。八十吉はわかってくれたが、勘助親分は許してくれなかった。ところが、欽三の父親が清吉を捕まえるなと勘助親分に頼んだのだ。自分たちで始末をつけたいからだ。殺しは揉み消されたが、その代わり『江戸屋』から狙われることになった。そんな男がおそめさんを仕合わせに出来るはずない」

「………」

清吉は言い返すことが出来ない。

「おそめさんの父親もおまえとの縁組を認めなかった。おそめも泣く泣くおまえのことを諦めたのだ」

「あのとき、おそめは俺の帰りを待っていると……。だから、俺も上州で五年も辛抱出来たのだ」

「清吉。考えてみろ。五年前、おそめさんは欽三の嫁になるところだったんだ。そうしないと、『江戸屋』の嫌がらせに遭い、『守田屋』が立ち行かなくなる。それだけじゃない。『江戸屋』は伝助親方のところにも嫌がらせをして、おまえを瓦職人としてやっていけないようにしてやると威したそうだ。だから、おそめさんは止むなく欽三の嫁になる覚悟を固めたのだ」

「………」

「もし、あのまま嫁にいっていたら、おそめさんは地獄のような毎日を送っていたに違いない。それをおまえが助けたのだ」

「おそめさんの亭主ってどんな奴だ？」

清吉はやりきれない思いできく。

安蔵から返事がない。

「兄い、どうしたんだ？」

安蔵が厳しい顔で川を見つめている。

そのとき、はじめて安蔵が商人ふうの格好であることに気づいた。安蔵は屋根から落ちたことから瓦職人としてやっていけなくなったのだ。

「兄い、まさか……」

清吉はあとの言葉を呑んだ。

安蔵が顔を向けた。

「清吉、すまねえ。おそめの亭主は俺だ」

「………」

清吉は混乱していた。予想もしていなかったことだ。安蔵とおそめの組み合わせが理解出来なかった。

「どうして……」

清吉はやっと声を出した。

「おそめもおまえの帰ってくるのを待つつもりでいたんだ。だが、連日のように『江戸屋』の連中が『守田屋』に押しかけ、おそめにおまえからの連絡がないかと問い詰めるのだ。そんなことが一年近くも続いて、おそめは心身ともに疲れ果ててしまった。それを俺が慰めているうちに……」

安蔵は続けた。

「おまえの許嫁だと自分を言い聞かせてきたが、気がついたとき、俺はおそめに惹かれていた。どうしようもなくなった。そんな心の迷いで注意が散漫になったんだ。突風が吹いた瞬間、俺は足を滑らせ屋根から転落してしまった。俺は足をくじき、おそめが看病に来てくれた。そんなとき、おそめの姉の許嫁の家の事情が変わって、姉が婚家に入らねばならなくなったんだ。そのために、『守田屋』はおそめが婿をとって継ぐことになったんだ。瓦職人としてやっていけなくなった俺はおそめの婿になることに……」

清吉の耳から安蔵の声が消えた。

おそめがよりによって安蔵を選んだことにやり場のない憤りを覚えた。まだ、自分の知らぬ男だったら少しは気が楽になったかもしれない。

「清吉。許してくれ。おそめのことも許してくれ」

安蔵は体をふたつに折って頭を下げた。

「帰ってくるんじゃなかった」

清吉はやりきれないように言い、小石を拾って川に向かって怒りをぶつけるように投げた。小石は川面を滑って二度撥ねて沈んだ。

「清吉、おそめに会って来い」

「結構です」

清吉は憤然と言う。

「俺から頼む。会って来てくれ」

「今さら会ったって仕方ねえ」

「おまえの気持ちの治まりをつけるためにも会うんだ。いや、会ってくれ」

安蔵は強く言う。

「所帯を持って四年になるが、ときたまあいつは心ここにあらずのときがある。おまえのことを考えているのかもしれない」

「…………」

「ともかく、会ってくれ。なんなら今から『守田屋』に行くんだ。俺は夕方まで帰らないようにする。だから、あいつの本心を聞き出してくれ」

「そんなことしたって何にもならねえ」

清吉は吐き捨てた。

「もし、あいつが今だにおまえのことを思っていたら、俺だってこのままあいつと暮らしていくのは辛すぎるのだ。頼む。俺を助けると思って」

安蔵は熱心に訴えた。

清吉の気持ちが揺れた。安蔵とおそめが所帯を持ったという衝撃が去ったあと、おそめに会いたいという思いが強まった。

「よし、会って来る」

清吉は安蔵をその場に置いて駒形町に向かった。

四半刻（三十分）ほどで、清吉は駒形町の『守田屋』にやって来た。店先を覗くと、番頭らしい男が店番をしていて、店にはおそめはいなかった。

清吉は裏にまわった。ちょうど裏口から誰かが出て来た。五年前にもいたお敏《とし》という女中だ。買い物に行くのか。

「お敏さん」

清吉は声をかけた。

お敏は振り返って、あっと声を上げた。

「あんたは……」

「へえ、清吉です」

「帰ってきたのかえ」

「ええ。すまねえ、おそめさんを呼んでもらえませんか」

「入って」

お敏は清吉を裏口から庭に入れた。

「待ってて。今、呼んでくるから」

そのとき、赤子の泣き声が聞こえた。

「お敏さん、あの赤子は？」

「…………」

お敏は返事に詰まっている。

「ひょっとして、おそめさんの……」

「ええ」

「子どもがいるのか」

清吉は愕然とした。

「安蔵さんとの子だね」

「知っていたの？」

「いえ」

安蔵は子どもが出来たことを言わなかった。言えなかったのかもしれない。

「じゃあ、呼んでくるから」

お敏は母家に小走りになった。

清吉は顔がかっと熱くなっていた。心ノ臓《しんぞう》の鼓動が激しくなった。子どもまでいると知って、もう自分が出て行ってはいけないのだと思った。

足音が聞こえた。その瞬間、清吉は踵《きびす》を返していた。

裏口を出て、清吉は逃げるように駆けだして行った。

四

その日の夕方、栄次郎は今戸の瓦職人の伝助親方のところに来ていた。

土間に立ち、上がり框《かまち》まで出て来てくれた伝助に口にする。

「私は矢内栄次郎と申します。清吉さんのことでお訊《たず》ねしたいのですが」

「清吉のことですって」

伝助の顔色が変わった。

「矢内さまはどうして清吉のことを？」

「あるひとから頼まれました」

「あるひと？」

「ええ。清吉さんは五年ぶりに江戸に帰ってくるそうです」

「…………」

伝助の顔色が変わった。

「ひょっとして、ここに清吉さんは来たのですか」

「いや」

伝助はとぼけた。警戒しているようだ。

「じつは、私は清吉さんを『江戸屋』の者たちから守るように頼まれたのです。それで、清吉さんを探しているのです」

「…………」

「清吉さん、来たのですね」

「矢内さんは『江戸屋』から頼まれて清吉を探しているんじゃないんですね」

「ええ。じつは『江戸屋』の者は清吉さんが『守田屋』に現れるとみて、見張りを置いています。だから、『守田屋』に向かう前に探し出したいんです」

伝助は栄次郎の顔をじっと見つめていたが、大きく頷いて、

「信用しましょう」

と、口にした。

「やはり、来たのですね」

「来ました。昨日です」

「昨日？」

「江戸について、最初にここに来たようです。安蔵に会おうとしたのです」

「安蔵さんというのは？」

「矢内さんは五年前のことをどこまでご存じなんですか」

「私が知っているのは五年前の秋、瓦職人の清吉さんが『江戸屋』の欽三さんと女のことでもめて殺してしまい、江戸を離れたと。ところが五年ぶりに江戸に帰ってくることを『江戸屋』の者が知って、清吉さんに仕返しをしようとしているということで

す」

「そうですか、じつはその現場に安蔵という清吉の兄貴分が駆けつけ、清吉を逃がしたのです」

伝助はその経緯を話し、

「安蔵が後始末をしたので、清吉はまず安蔵に会いにここに来たのです。でも、安蔵は職人をやめて、『守田屋』のおそめさんの婿に」

「『守田屋』のおそめさんというのは清吉さんが欽三さんともめた相手?」

「そうです。じつは今日の昼に、真崎稲荷でふたりを会わせました。そのあと、安蔵がうちに寄って、清吉との話し合いの内容を教えてくれました」

伝助はそのことを話し、

「清吉はおそめに会いに行ったそうです」

「えっ、『守田屋』まで行ったのですか」

栄次郎はまずいと思った。

「すみません。これから『守田屋』へ行ってみます」

栄次郎は土間を飛び出した。

『守田屋』に近付き、周辺を探った。しかし、『江戸屋』の者の姿はなかった。

安蔵は夕方まで帰らないと言ったそうなので、まだ帰っていないだろう。栄次郎は
『守田屋』の私的に使う戸口に立ち、格子戸を開けた。

「ごめんください」

栄次郎は呼びかける。

女中が出て来た。

「私は矢内栄次郎と申します。おそめさんにお会いしたいのですが」

「どのような御用で?」

「清吉というひとのことでお訊ねしたいことがありまして」

「清吉さん」

女中が目を見開いた。

「清吉さん、ここに来たのですね」

「はい。でも、若内儀《わかおかみ》さんに会わずにすぐに帰ってしまわれました」

「帰った?」

そこに、美しい女が出て来た。眉根の辺りに憂いが漂っている。

「若内儀さん」

女中が声をかけた。

「おそめです。清吉さんのことで何か」

緊張した声だ。

「こちらに来られたそうですね」

「はい。でも、私に会わずにすぐ帰ってしまいました」

「何かあったのでしょうか」

「たぶん、赤子の泣き声を聞いたせいかと……」

おそめは暗い顔をした。

「赤子の……」

栄次郎は清吉の気持ちがわかった。

「わかりました。お邪魔しました」

「もし」

おそめが引き止めた。

「あなたさまは清吉さんとは？」

「面識はありません。ただ、あるお方から清吉さんを守るように頼まれました」

「もし、清吉さんと会うことがあったら、私が会いたがっていたとお伝えください」

「わかりました」

栄次郎は会釈をして外に飛び出した。

栄次郎は雷門《かみなりもん》から近い東仲町にある『江戸屋』の様子を見に行った。

そのとき、田原町のほうから駆けてきた男が『江戸屋』に駆け込んだ。栄次郎は少し離れた場所から様子を窺った。

やがて、男が固まって出て来た。五人だ。さっき駆け込んだ男が先に立った。清吉のあとをつけ、居場所を見つけたのかもしれない。

栄次郎は五人のあとをつけた。田原町三丁目の角《かど》を曲がり、寺町を抜けて、入谷のほうに向かった。

夕暮れて辺りは薄暗くなってきた。入谷田圃《たんぼ》の外《はず》れにある百姓屋に向かった。そこに、仲間が待っていた。ふたりであとをつけ、ひとりが仲間を呼びに行ったのだ。

全部で六人だ。百姓屋の見通せる場所で待機をした。暗くなるまで待つつもりか。

栄次郎は遠回りをして裏から百姓屋に近付いた。朽《く》ちかけていて、廃屋だった。

裏の窓から中を覗く。土間の辺りは天窓からの明かりが射しているが、部屋のほうは真っ暗だ。

土間のそばの板敷きの間《ま》に男の姿があった。

栄次郎は裏口の戸を開けた。

「誰だ？」

男は驚いて飛び上がった。

「怪しいもんじゃありません。清吉さんですね」

栄次郎は訊ねる。

「誰だ、あんた？」

「外に『江戸屋』の連中が様子を窺っています」

「なに」

清吉は表の戸口まで近付き、板の割れ目から覗いた。

それからあわてて荷物を持った。

「こっちへ」

「あんたも仲間か」

清吉は警戒した。

「あなたを助けに来たのです。さあ、早く。いずれ、奴らは裏にもまわってきます」

栄次郎は説き伏せる、

「さあ、猶予はありません」

「わかった」

栄次郎は清吉とともに裏から出た。

しばらく行くと寺があった。裏門から境内に入る。

「ちょっと待ってください」

清吉が立ち止まってきいた。

「あなたは何者なんですか」

「私は矢内栄次郎と申します。じつは『江戸屋』のお糸という娘さんから頼まれたのです。父親を人殺しにしたくないので、清吉さんを逃がして欲しいと」

「そうですか」

「さあ、行きましょう。ここまで追ってくるかもしれません」

栄次郎は急かす。

「どこへ？」

「ともかく、ここを離れましょう」

そう言ったとき、走ってくる足音がした。

「さあ、早く」

『江戸屋』の連中の動きが思ったより早かった。百姓屋の裏手にまわった者が清吉が逃げたことに気づいたのかもしれない。

山門を出て、暗がりを上野山下《うえのやました》のほうに向かった。すると、前方に三人の影が見えた。あわてて、近くの民家の脇に身を隠した。

背後から三人の男がやって来た。ひとり増えていた。

「あっ、八十吉だ」

清吉が小さく叫んだ。

「知っているのですか」

「岡っ引きの手下です」

「なぜ、岡っ引きの手下が『江戸屋』の連中といっしょになってあなたを探しているのでしょうか」

「たぶん」

清吉は顔をしかめた。

「八十吉は欽三の死を事故として始末したんです。『江戸屋』の連中があっしを殺したあと、事故死として偽装するためだと思います。『江戸屋』からそれなりの謝礼をもらっているんですよ」

「なるほど。それで、安心して殺しが出来るのですか」

『江戸屋』は岡っ引きと癒着《ゆちゃく》しているのだ。

辺りを探しまわっていた男たちは諦めて引き上げたのか姿が見えなくなった。

「もうだいじょうぶのようです。行きましょう」

栄次郎は通りに出た。

下谷坂本町《さかもとちょう》から上野山下までやって来たとき、

「じゃあ、あっしはこの辺りで」

と、清吉が足を止めた。

「当てがあるのですか」

「五條天神《ごじょうてんじん》の裏手にある女郎屋《じょろうや》で今晩過ごそうと思います」

「女の温もりが欲しいのですか」

栄次郎はきいた。

「いえ」

「そうそう、会いたいと伝えてくれと、おそめさんから頼まれました」

「おそめ……」

「いろいろお話をお聞きしたいんです。よろしければ、私のところに来ませんか。本《ほん》郷《ごう》です」

「なぜ、見ず知らずの私にそこまで」

清吉は不思議そうにきく。

「お節介な性分なのです。だから遠慮せず」

清吉は頭を下げた。


湯島切通しを通って本郷に出て、栄次郎は清吉を連れて屋敷に帰った。

門を入った横にある中間《ちゅうげん》部屋が一部屋空いており、栄次郎は奉公人に客人を泊めたいと頼み、清吉を空いている部屋に案内した。

そこで、改めて差向《さしむか》いになって、

「さっきも申しましたように、『江戸屋』のお糸さんから頼まれたのです。自分の父親が兄の仇を討とうとしている。父親をひと殺しにさせたくないので、相手の清吉さんを逃がしてもらいたいと」

「じゃあ、あっしが帰ってくることがわかっていたんですね」

「上州からやって来た香具師が倉賀野宿であなたと会ったそうですね。五年ぶりに江戸に帰るところだと言っていたと」

「いえ、あっしには心当たりはありません」

「倉賀野宿は通り過ぎただけです。それに、道中、誰とも話していません」

「えっ？」

「妙ですね」

栄次郎は首を傾げた。

「五年前のことはお糸さんと伝助親方から又聞きの話を聞いただけです。清吉さんの口からお聞きしたいのですが」

栄次郎は清吉の暗い顔を見つめた。

「わかりました」

清吉は頷き、遠くを見つめるように目を細めて口を開いた。

「あっしは『守田屋』のおそめさんと祝言を挙げる約束をしていました。ところが、『江戸屋』の欽三という男がおそめさんを横取りしようとしたんです。『江戸屋』に歯向かうと、浅草で商売が出来なくなるという威しに屈し、『守田屋』を守るためにおそめさんは欽三の嫁になることを約束させられました」

そのときの怒りが蘇ったのか、清吉は声を震わせた。

「そのことで、駒形堂の近くで欽三と言い争いから揉み合いになり、倒れたとき落ちていた石に後頭部を打ちつけて、欽三は……。そこに安蔵兄いが駆けつけて、『江戸屋』に仕返しをされるからほとぼりが冷めるまで江戸を離れろと」

　安蔵が教えてくれた上州木崎宿に逃げ、そこでしばらく経って、殺しの件は事故ということになったが、『江戸屋』の連中が血眼《ちまなこ》になって追っていると手紙で教えてくれたと話した。

「あっしは木崎で日傭取《ひようと》りの仕事をして過ごしました。ひとを殺した俺は、もうおそめさんとは結ばれることはないのだと絶望し、何度も死んでしまおうかと思いました。でも、おそめさんにもう一度会いたい。その一心できょうまでやってきたんです」

「今回、江戸に戻る気になったのはどうしてですか。五年経って、ほとぼりが冷めたと考えたのですか」

「いえ、安蔵兄いから手紙をもらったんです。欽三の父親が病で臥すようになり、『江戸屋』の怒りも五年経って治まってきたようだ。一度帰ってこないかと書いてあったのです。おそめさんに会いたい一心で帰ってきたんだ」

　清吉は嗚咽《おえつ》を漏らし、

「あっしはもうおそめさんといっしょになれない。だから、いつまでも俺を待たないで、いい話があったら嫁に行ってくれと言うつもりだったんだ。そしたら……」

　言葉を切って、清吉は俯《うつむ》いた。しばらく、そのままの姿勢でいたが、ふいに顔を上げた。そして、深呼吸をしてから続けた。

「そしたら、俺が江戸を離れて一年後にはおそめさんは婿をもらっていたんだ。そうとは知らず、俺はおそめさんのことをずっと思い続けてきたんだ。許せないのは、婿になったのが安蔵兄いだったってことだ。安蔵兄いは何も言ってくれなかった。兄貴のように信頼していたのに裏切られた思いだ」

清吉は胸をかきむしるような仕種《しぐさ》をした。

「清吉さん、おそめさんにも深い事情があったんでしょう。ぜひ、おそめさんに会って話を聞いたらどうですか」

「安蔵兄いと所帯を持ち、子どもまで儲けているんです。そんな女に言い訳なんか聞いても仕方ありません」

「いえ、気持ちの整理をつけるためにも会ったほうがいいと思います」

「………」

「私がお引き合わせします。ぜひ、会ってやってください」

栄次郎は強く勧める。

「……はい」

清吉は頷いた。

「夕餉、まだでしょう。ここに運ばせます」

栄次郎はそう言って立ち上がり、母家に入り、女中に夕餉の支度を頼んだ。

夕餉のあと、栄次郎は兄の部屋に呼ばれた。

「兄上、失礼します」

栄次郎は声をかけて襖を開けた。

「客人か」

栄次郎が腰を下ろすと、兄がきいた。

「はい、ちょっと面倒なことを頼まれまして」

「どんなことだ？」

「清吉という元瓦職人なのですが」

清吉を襲った不幸を話すと、兄は辛そうな顔をした。

「なんと酷《むご》い……」

兄は吐き捨て、

「好きな女と別れなければならない辛さは想像するに余りある」

と、ため息混じりに呟いた。

兄は我が身と重ねたのだろう。旗本大城清十郎の娘美津との縁談を泣く泣く辞退した兄も五体を引き裂かれるほどの苦痛を味わったのだ。

だが、辛そうな表情の兄の顔が徐々に和《やわ》らいできた。

「相変わらずのお節介焼きだ。だが、なんとか力になってやるのだ」

兄は清吉に同情したのだろうが、栄次郎には兄が他人を思いやる余裕を見せたことが意外だった。

「兄上、何かございましたか」

栄次郎は思わずきいた。

「何かとは？」

「きょうはお顔の色がよさそうなので」

栄次郎が言うと、兄は笑みを浮かべ、

「そうかな」

と、顔に手を当てた。

「はい。昨日までは何か屈託《くったく》がありそうな顔付きでした。でも、安心しました」

兄はふと笑みをたたえ、

「じつは大城さまが私に会いたいと言ってきたのだ」

と、口にした。

「大城さまが？」

大城清十郎が兄にどんな用があるのか。

「美津どののことで？」

「うむ」

「縁組をお断りしたそうですが、そのことでしょうか」

「であろう」

兄の表情が明るいのは縁組に復活の兆《きざ》しが見られたからだろうか。

「じつは、そなたもいっしょにとのことだ」

「私も……」

栄次郎は戸惑った。

そもそも家格差のあるこの縁組が成ったのは、栄次郎の出生の秘密が大きく絡《から》んでいるからだ。

大城清十郎が兄とだけではなく栄次郎とも会いたいというのは、まさにそのことを物語っている。

「どのようなお話になるのでしょうか」

「わからぬ」

そうは言いながら、兄は気持ちが浮き立っているようだ。美津どののことが復活するかもしれないという希望を持ったようだ。

縁談を断ったあと、兄は魂も脱け殻《がら》のようになっていた。そんな兄を見るのは辛かった。だが、もう一度、美津どののことが蘇るなら、栄次郎は相手が自分の出生の秘密を知って利用してもいいとさえ思うようになっていた。

「畏《かしこ》まりました。いつでございましょうか」

「改めて、知らせるとのことだ」

「兄上。どんなことであっても……」

栄次郎は言いさした。

「なんだ？」

「いえ、なんでもありません」

「何か言いたいことがあったのではないか」

「いえ」

どんなことがあっても縁談をお受けしましょうと言おうとしたのだが、先走ってはならないと自戒した。

もしかしたら、破談を正式に大城清十郎が伝えようとして呼び寄せるのかもしれないのだ。

「栄次郎。もし、縁談が……」

「兄上。肝心なことは兄上のお気持ちです。どうか、自分のお気持ちに正直になってください。私に遠慮などご無用でございます」

「うむ」

兄は頷いた。

「では、私はこれで」

栄次郎は挨拶をして立ち上がった。

自分の部屋に戻り、栄次郎は大城清十郎の呼出しについて思いを巡らした。

大城清十郎が娘の縁談相手に矢内栄之進を選んだのは弟の栄次郎が大御所の子だからだと周囲もそう見ていたのだ。

そのことによって、栄次郎を暗殺しようと企てた者が現れた。このことは、大城清十郎の耳にも入っていたのだ。

そのような事態を招いた自分の決断を、大城清十郎はどう考えたのであろうか。その後悔が、兄の縁談の辞退を潔《いさぎよ》く受け入れたのか、それとも別の思惑が……。

今の栄次郎は、たとえ大城清十郎にどのような計算があろうが、兄と美津が結ばれることが最善だと思うようになっていた。

今からあれこれ考えても仕方ない。ともかく、大城清十郎に会ってからだ。それから考えることだと自分に言い聞かせた。

だが、その思いから離れた瞬間から、栄次郎の頭の中に清吉のことが入り込んできた。

清吉は理不尽で不幸な目に遭った。それからの清吉は地獄の日々を送ってきた。そして、それに追い打ちをかける仕打ちが待っていた。

恋仲だったおそめを失ったばかりでなく、そのおそめは自分が兄のように慕っていた男に奪われ、子どもまで出来ていたのだ。

そのことを知ることなく、清吉は上州でおそめのことを思いながらじっとしてきたのだ。清吉はひとを殺した自分がおそめともはや結ばれることはないと諦めていた。

だが、おそめは自分を待っていると思い込んでいた。

自分を諦め、いいひとがいたら遠慮せず嫁に行け。それが清吉がおそめに見せる愛情の証《あかし》だったのだ。

だが、その機会も奪われた。清吉が江戸を離れた一年後にはおそめは安蔵と所帯を持っていたのだ。

さらに、清吉は『江戸屋』の者に命を狙われている。『江戸屋』の欽之助は清吉を殺し、その後始末を岡っ引きの勘助と手下の八十吉に任せるつもりなのだ。

事故として始末し、『江戸屋』は何ら罪をかぶることはない。

仮に、『江戸屋』の者の襲撃から無事に逃れたとして、この先、清吉の生きていく場がどこにあるのか。

栄次郎はふとんに入っても清吉のことが頭から離れずなかなか寝つけなかった。起き上がり、夜風に当たるために庭に出た。

月影がさやかで、栄次郎がいつも素振りの際に使う柳の枝が明るく浮かび上がっていた。部屋に戻ろうとして、長屋のほうに目をやったとき、清吉がじっと月を眺めているのに気づいた。

その後ろ姿は泣いているように見えた。栄次郎はやりきれない思いで部屋に戻った。

第二章　逃亡

一

翌日、栄次郎は駒形町にある『守田屋』に行き、私用の戸口の前に立った。

格子戸を開けて土間に入り、奥に呼びかけた。

「ごめんください」

しばらくして、昨日の女中が現れた。

「おそめさんにお会いしたいのですが」

「少々お待ちください」

女中は奥に引っ込んだ。

しばらくして、おそめが出て来た。

「矢内さま」

上がり框《かまち》まで来て、おそめは腰を下ろした。

「清吉さんがあなたとお会いするそうです」

栄次郎は口を開いた。

「清吉さんにお会い出来たのですか」

おそめは安心したようにきく。

「はい」

「今、どこに？」

「あるところです。昨夜、『江戸屋』の者に襲われたので、居場所はご勘弁ください」

「襲われた……」

おそめは茫然と言う。

「それで『江戸屋』の者に気づかれないように、会う場所までご案内いたします」

「わかりました。いつでしょうか」

「昼過ぎではいかがでしょうか」

「わかりました」

「では、その頃に使いの者がお迎えにあがります」

「はい」

そのとき、人影が近付いて来た。現れたのは三十二、三と思える男だ。体が大きく、羽織を着ているので落ち着いた風格があった。

「主人の安蔵です。矢内さまですか」

「はい。矢内栄次郎です」

「今のお話を聞いていました。少し、お話をしたいのですが」

「わかりました」

栄次郎も安蔵から聞いてみたいことがあった。

「どうぞ、お上がりください」

安蔵は栄次郎を客間に通した。

差向いになって、安蔵が口を開いた。

「清吉が『江戸屋』の者に襲われたというのはほんとうなのですか」

「ええ。数日前から『江戸屋』の者がこの店を見張っていたのです。清吉さんはあとをつけられたのです」

「今は?」

「さっき見回ってみましたが、姿はありませんでした。でも、わかりません。まだ、朝だからかもしれません」

「そうですか」

安蔵は表情を曇らせ、

「昨日、清吉に会いました。私がおそめと所帯を持ったことを知ってかなり動揺していました。でも、いろいろな経緯があってのことですが、清吉にはわかってもらえませんでした」

安蔵は辛そうに言う。

「無理もありません。清吉が江戸を離れて一年後に所帯を持ったのですからね。でも、おそめにも仕方ない言い分があるのです。連日のように『江戸屋』の連中が『守田屋』に押しかけ、おそめに清吉からの連絡がないかと問い詰めるのです。そんなことが一年近くも続いて、おそめは心身ともに疲れ果ててしまった。それを私が慰めているうちに、いつしかおそめに惹かれていたのです」

安蔵は一呼吸間を置き、

「何度も手紙にそのことを書こうとしましたが、いつもだめでした。結局、会って話すしかないと思ったのです」

「清吉さんは裏切られたと思ったのでしょう。なにしろ、清吉さんの頭の中は五年前のままなのです。それがいきなり、現実を目《ま》の当たりにしてうろたえたのです。でも、いずれ清吉さんはわかってくれるはずです」

栄次郎は慰めるように言う。

「そうだといいのですが」

「それにしても、『江戸屋』のほうですが、清吉さんを恨む気持ちはわかりますが、もとはといえば、欽三さんが強引におそめさんを横取りしようとしたことからはじまったことです。清吉さんが殺したといっても、欽三さんは匕首を抜いて、清吉さんに襲いかかったのです。それでふたりでもみあっている最中に誤って殺してしまったということですね」

「そうです」

「欽三さんのほうに非があるのは明らかです。そのことを強く言い、なんとか『江戸屋』の旦那を説き伏せることは出来ないのでしょうか」

「難しいと思います。当たり前の考えが通用する相手ではありません」

安蔵は口許を歪めた。

「岡っ引きの親分さんはなにもしないのでしょうか」

栄次郎は不思議に思っていたことをきく。

「勘助親分と手下の八十吉は『江戸屋』からいつも小遣いをもらっていますから、あの旦那の意のままです」

「そうですか」

「だって、八十吉も『江戸屋』の連中といっしょになって清吉を探していましたからね」

　安蔵は顔をしかめた。

　昨夜の追手の中に八十吉もいたのだ。

「どうすれば、清吉の気の済むように出来るのでしょうか」

「わかりません」

　栄次郎はやりきれないように言う。

「でも、私が出来るとしたら『江戸屋』の旦那に思い止《とど》まらせることだけです。私は欽之助さんに会ってみようと思います」

「あの旦那が折れるとは思いません」

　安蔵は暗い顔で言う。

「やってみなければわかりません」

　栄次郎は気負って言う。

「これから、おそめは清吉と会うのですね」

「はい」

「清吉がわかってくれるといいのですが」

安蔵は祈るように言う。

「五年前のことですが、清吉さんが欽三さんを誤って殺したあと、あなたが駆けつけたのでしたね」

「そうです。おそめがあわてて駆けて来るのを見て、駆け寄ってわけをきくと、清吉と欽三が争っていると言うのです。急いで行くと、駒形堂の近くの大川端で清吉が茫然と立ち尽くし、足元に欽三が倒れていたのです」

安蔵は目を閉じた。

「今さら言っても詮《せん》ないことですが、正直に奉行所に任せるという考えはなかったのですか」

「さっきも言いましたように、あの辺りを縄張りにしている勘助親分と手下の八十吉は『江戸屋』の旦那の言いなりなのです。仮に、勘助親分に捕まったら、清吉は『江戸屋』に突き出されたはずです。だから、清吉を逃がすしかなかったのです」

「なるほど。わかりました。では、私はこれで」

栄次郎は会釈をして腰を上げた。

栄次郎は駒形町の隣りの浅草黒船町のお秋の家に行った。

土間に入ると、お秋が出て来て、

「清吉さん、ちょっとそこまで出て来るからって」

「どこへ？」

「いえ、そんな遠くではないと」

「探してきます」

栄次郎はすぐ土間を出た。

栄次郎は大川端を駒形堂のほうに向かった。

今朝、本郷の屋敷から清吉といっしょにお秋の家に来た。二階の部屋に清吉を通し、ここで待つように言い含め、栄次郎はおそめに会いに行ったのだ。

駒形堂に近付くと、清吉が川に向いて立っていた。

「清吉さん」

栄次郎は声をかけた。

清吉は顔を向けた。泣いていたのか、目尻が濡れていた。

「ひょっとしてここが?」

　栄次郎はきいた。

「そうです。五年前の秋、ここで欽三が死んだのです。あっしが殺したんだ」

　そう言い、清吉は拳を握りしめた。

「あの日、おそめに会いに『守田屋』に行ったら『江戸屋』の旦那が出て来たんです。おそめの父親を説き伏せていたようでした」

　そのときのことを話し、さらに続ける。

「駒形堂の横から大川に向かうと、波打ち際におそめと欽三が立っていたんです。欽三が私に、おそめは俺と祝言を挙げることになったと言いました。いい加減なことを言うなと言い返すと、おそめにきいてみなと言って、欽三は笑っていた。そのとき、おそめは悲しそうな顔で、ごめんなさい、こうするしかなかったんですと……」

　清吉は声を震わせた。

「おそめの親を脅して言うことをきかせたのだと思い、あっしは欽三につかみかかって押し倒し、おそめを誰にも渡さねえと叫んだ。欽三は起き上がると匕首を抜いて、目障りだ、ここで消えてもらうと匕首を突き出してきた。隙をとらえ、あっしは思い切って飛びかかって、欽三が匕首を持つ手をつかんだ。さらに、足をかけると、欽三は体勢を崩し、ふたりとも倒れたんです。そのとき、欽三は石に頭を打って、そのまま……」

清吉は大きく息を吸って吐いた。

「あっしがひとを殺したのは間違いない。だから、あの時点で、あっしとおそめの仲は終わったんです。ひと殺しと所帯を持つことなど出来ません。いえ、欽三を殺さなかったとしても、おそめとは終わっていたんです。おそめは欽三と所帯を持つことに決めたのですから。どうあがいても、あっしはもう底無し沼から這い上がれない身になっていたんです」

清吉は顔を栄次郎に向け、

「あっしは戻って来ちゃいけなかったんだ。帰ったって、昔に戻れるわけはないんだ。それがわかっていながら帰って来た俺がいけないんです。このまま、おそめに会わず、江戸を離れたほうがいいんじゃないでしょうか」

「それではおそめさんを苦しめることになりますよ」

栄次郎は強い口調で、

「あなたがこのまま去れば、心にあなたのことが残り、いつまでもおそめさんを苦しめることになりますよ」

「…………」

「あなたがほんとうにおそめさんのことが好きなら、おそめさんの仕合わせを祈り、おそめさんの心の重荷を下ろしてやるのです。そうすれば、あなたの心の中でおそめさんは生き続けるんじゃないですか」

栄次郎は訴えた。

「無理です。あっしはそんな高尚な男じゃありません」

清吉は激しく首を横に振る。

「おそめさんのあなたへの思いは変わっていませんよ。今のようになったのには止《や》むに止《や》まれぬ事情があったのです。だから、あなたに申し訳ないと思い、おそめさんも苦しんでいるんです。せめて、おそめさんに会って話を聞いてあげてください」

清吉は微《かす》かに頷いただけだった。

「さあ、戻りましょう」

栄次郎は清吉をお秋の家に連れもどした。

二階の部屋に清吉を落ち着かせたあと、栄次郎は階下に行き、

「お秋さん、あとはお願いします」

「任せて。昼過ぎに『守田屋』さんに行ってきますよ」

お秋は胸を叩いた。

栄次郎は土間に下り立った。


四半刻（三十分）も経たずに、栄次郎は東仲町の『江戸屋』にやって来た。

広い土間を入り、奥に向かって声をかける。

「お願いします」

すると、すぐ奥から若い男が出て来た。

「私は矢内栄次郎と申します。旦那の欽之助さんにお会いしたいのですが」

「へえ、どんな御用で」

「清吉さんのことだとお伝えください」

「清吉ですって」

若い男は顔色を変えた。

「お侍さん。清吉とはどんな間柄なんですね」

「ちょっとした知り合いです」

「…………」

何か言いたそうだったが、若い男は奥に引っ込んだ。それから少し待たされたが、戻ってきた若い男は上がるように言い、栄次郎を奥に案内した。

大広間には大勢の男女の姿があった。香具師か。

庭に面した部屋に、ふとんの上に体を起こして羽織を肩からかけた白髪の目立つ男が待っていた。五十半ばぐらいで、四角い顔だ。そばにお糸がいて、驚いた顔を向けた。

「矢内栄次郎と申します」

栄次郎は敷居の前で挨拶し、部屋に入った。

「欽之助だ。おまえさん、清吉の知り合いだそうだが、清吉が今どこにいるのか知っているのかえ」

「はい」

「そうか。まさか、清吉の居場所を教えに来てくれたわけではあるまい」

欽之助は冷笑を浮かべた。

「清吉さんのことでお願いがあってまいりました」

「お糸、向こうへ」

欽之助はお糸を追いやった。

お糸は栄次郎に微かに会釈をして部屋を出て行った。

「願いとはなんですね」

欽之助がきいた。

「清吉さんの命を狙うのはやめていただけないかと思いまして」

栄次郎は切り出す。

「欽三さんのことはお察しいたします。清吉さんを許せないという気持ちはよくわかります」

「でしたら、よけいな口出しはやめてもらいましょう」

欽之助は突き放すように言う。

「いえ、こんなことをして誰も得しません」

「矢内さん、損得の問題じゃないんですよ、第一、ひとを殺しておいてのうのうと暮らしている。そんなこと、許されることじゃありませんよ。ひとを殺したんだったら、自分も殺されて当然です」

「奉行所の裁きに任せるべきではありませんか」

栄次郎は穏やかに言い返す。

「奉行所に任せて、こっちの望みどおりになるとは限らん」

「それは欽三さんのほうにも非があると思っているからですね」

「………」

「清吉さんの話では、許嫁を欽三さんが横取りをしようとしたので争いになった。欽三さんは匕首を抜いて襲ってきたそうです」

「それは清吉の一方的な言い分だ。死人に口無しだからな」

「ですから、奉行所でちゃんと取調べをしてもらうべきだったのではありませんか。これで、あなたのほうで清吉さんを殺せば、当然罪に問われます」

「そこはうまくやる」

「岡っ引きに鼻薬を嗅がせているからですか」

「何のことか」

欽之助は口を歪めた。

「お願いです。清吉さんも欽三さんのことではそれなりの制裁を受けています。瓦職人の職を奪われ、許嫁とも引き離され、江戸にも居場所がない。清吉さんを寛大なお気持ちで許して……」

「矢内さま。お引き取りください」

欽之助が厳しい顔付きになった。

「欽三は『江戸屋』の後継ぎだった。生きていれば、今頃は『江戸屋』の主人として浅草奥山を守っていただろう。俺の夢を奪った清吉を許すわけにはいかないのだ」

　欽之助は手を叩いた。

　お糸がやって来た。

「おとっつあん。お呼び？」

「客人がお帰りだ」

　欽之助は突き放すように言う。

「どうぞ」

　お糸は栄次郎に声をかける。

「私は諦めません。また、まいります」

　そう言い、栄次郎はお糸のあとに従って廊下に出た。

「驚きました。でも、来ていただけるなんて」

　お糸が小声で言う。

「いろいろ知るにつれ、どうしても殺しをやめさせたいと思うようになったのです。

　これに懲りず、またまいります」

「お願いいたします」

「ここに岡っ引きの勘助親分と手下の八十吉という男はよく顔を出しますか」

「はい」

お糸は不快そうな顔をした。

「何か」

「あのふたりは父の飼い犬のようです」

もっと話をききたかったが、奉公人の姿があって諦めざるを得なかった。

栄次郎はお秋の家に戻った。

「ちょっと前に、上がって行きましたよ」

お秋が言った。おそめがやって来たのだ。

栄次郎はお秋の部屋で、ふたりの話し合いが終わるのを待った。

二

清吉はさっきから硬い表情でおそめを見つめていた。五年ぶりに会うおそめは若妻らしい美しさと艶《あで》やかさがあった。

このような女にしたのは安蔵なのだと思うと、胸が張り裂けそうになった。再会したら思い切り抱き締めたい。そう思って上州で過ごしてきたのだ。

五年前、欽三を殺したあと、清吉はいったん長屋に帰り、貯えの金と身のまわりの品を持って浅草を離れた。

その夜は板橋宿で泊まり、翌日から中仙道を夢中で歩いた。三日後に倉賀野宿から日光例幣使街道《にっこうれいへいしかいどう》に入った。

常に追手の不安を抱えながらの道中だった。安蔵が言うように木崎宿の真ん中に『信州庵』というそば屋があった。

亭主の卯平は五十過ぎの小柄な男だった。

安蔵の名を出すと、卯平は目を細め、

「安蔵の知り合いか」

と呟いたきりで、わけをきこうともせずに二階の小部屋を貸し与えてくれた。

『信州庵』は忙しいときだけ手伝い、あとは問屋場で荷物の運搬などの仕事についた。問屋場では江戸者であることを悟られないように気を配った。江戸からの旅人に気づかれると、どんな拍子で『江戸屋』の欽之助の耳に入るかもわからない。

欽三が倒れた拍子に石に頭を打ちつけたときの衝撃がふいに蘇《よみがえ》り、咆哮《ほうこう》のような声を出して、周囲の者に不審がられたことも何度かあった。

一日の仕事を終え、部屋に戻ってひとりで酒を呑むのが唯一の楽しみだった。だが、おそめのことを思い出し、いつも涙を流した。

おそめと所帯を持ち、いつかは瓦職人の親方になる。おそめ、俺はきっとおめえを仕合わせにしてみせる。そう心に誓っていたのだ。

それがこんなことになっておそめとの所帯を持つ夢が破れた。ただ、最後はひと目会って、好きな男が出来たら嫁に行けと言うつもりだった。俺に気を使うな。おそめを縛りつけるつもりはない。好きにしろと。それが、俺の愛の証だと思った。

ところがどうだ。おそめは一年後には所帯を持っていたのだ。それも安蔵とだ。安蔵は俺とおそめのことを応援してくれていたのだ。欽三が割り込んできても、安蔵は清吉を守ろうとしてくれていた。

江戸を離れるときも、おそめさんのことは心配するなと言ってくれたのだ。それなのに、五年ぶりに帰ってみれば……。

「清吉さん。私の話を聞いて」

おそめが訴える。

「聞いても無駄だ」

清吉は吐き捨てる。

「私を許せない気持ちはわかります。でも、これだけはわかって。私は心の中には今でも清吉さんが……」

「口じゃなんとでも言える」

「ほんとうです」

おそめは悲しそうな顔で訴える。

「おそめさん。俺はおめえのことを心底大事な女だと思っていたんだ。おめえも俺と同じ思いだと信じていた。だから、俺と再会するまで独り身でいるはずだと思っていた。だが、俺が江戸を離れて一年後によりによって安蔵兄いと……」

清吉は胸をかきむしるように言う。

「仕方なかったの」

おそめが言う。

「言い訳なんかいい」

「お願い、聞いて。清吉さんが江戸を離れたあと、『江戸屋』の連中が『守田屋』に毎日やって来て、清吉から連絡があったのか、どこにいるのかと騒ぎ立てるのです。だから、お客さまが怖がって近付かなくなりました。いくら、おとっつあんが頼んでも、言うことを聞いてくれません。このままじゃ、『守田屋』は潰れてしまう。そこまで追い込まれていたのです」

「もういい。そんな言い訳を聞いたところで、何も変わりはしないんだ」

「清吉さん」

「何を言おうが、おまえさんが安蔵と所帯を持ち、赤子までいるってことは紛《まぎ》れもないない事実だ。今さら、言い訳なんか聞きたくねえ」

「…………」

「俺は今夜、江戸を離れる。もう二度とおめえの前には現れねえ。だから、安心しな」

「お願い、清吉さん」

「もう終わったんだ」

清吉はやり場のない怒りに思わず喘《あえ》ぎ声を漏らした。

「さあ、もう安蔵兄いのところに帰るんだ」

清吉は立ち上がり、おそめを見下ろして言う。

おそめは俯き、肩を震わせていた。泣いているのだ。

ふと、栄次郎の声が蘇った。

「おそめさんのあなたへの思いは変わっていませんよ。止むに止まれぬ事情があったのです。あなたに申し訳ないと思い、おそめさんも苦しんでいるんです」

清吉はかぶりを振る。

「あなたがほんとうにおそめさんのことが好きなら、おそめさんの仕合わせを祈り、おそめさんの心の重荷を下ろしてやるのです。そうすれば、あなたの心の中でおそめさんは生き続けるんじゃないですか」

栄次郎の言葉は胸に突き刺さっている。

だが、清吉は割り切れなかった。

「おそめさん。今生《こんじょう》の別れだ。さあ、帰ってくれ」

清吉は冷たく言う。

おそめは力なく立ち上がった。

そして、部屋を出て階下に向かった。

清吉は拳を握りしめた。こんな別れ方をしていいのか、と責める声が聞こえた。どうすればいいんだ。清吉は息苦しくなって胸をかきむしる。

おそめとの楽しかった頃のことが蘇る。おそめとの出会いは『守田屋』の屋根瓦の葺き替えのときだ。

清吉はまだ十九だった。昼飯のときに茶をいれて持ってきてくれた。そのときの初々《ういうい》しい姿は今でも覚えていた。

あのときも秋だった。思い切って萩《はぎ》を見に行こうと誘ったら、おそめははじらいながら大きく頷いてくれたのだ。

それから、いろんなところに行った。俺には生涯にこの女しかいない、そう思った。孤児同然で育った清吉は、家族が欲しかった。おそめと所帯を持ち、子どもを作る。

俺が仕事を終えて帰ってくると、おそめと子どもが迎えてくれるのだ。

そんな暮しを想像していた。だが、欽三が現れ、すべてが狂った。決して、おそめのせいではない。

清吉は窓辺に駆け寄った。

ちょうどこの家を出たおそめが角を曲がるところだった。清吉は急いで部屋を飛び出した。

階下に行くと、栄次郎が心配そうな顔で見ていた。

軽く会釈しただけで、清吉は土間に下りて戸口に向かった。

外に出て角を曲がったが、すでにおそめの姿はなかった。『守田屋』のほうに行ってみようと通りに出たとき、清吉ははっとした。

『江戸屋』の者がうろついていた。まずいと思って引き返そうとした。あっと声を上げた。女のような顔をした男が歩いてくる。八十吉だ。

清吉はあわてて路地に飛び込んだ。

「こっちだ」

八十吉が騒いだ。

清吉は路地を曲がり、長屋を突っきった。やがて、寺の多い一帯から新堀川に出た。振り返ると、八十吉が追ってくる姿が目に飛び込んだ。

さっと身を隠し、八十吉に気づかれないように新堀川を渡った。さらに闇雲《やみくも》に走る。どこをどう駆けたかわからない。気がつくと、三味線堀《しゃみせんぼり》まで来ていた。

黒船町の家からまったく反対のほうに来てしまった。どっと疲れが出て、池のそばに腰を下ろした。

やはり、連中は『守田屋』の周辺を見張っていたのだ。しつこい連中だ。朽ちかけた小舟がもやってある。半分水に浸かっている。

そのうち、沈みそうだ。俺だって今に沈んでいくのだ。このまま江戸を離れれば『江戸屋』の連中が追ってくることはない。命を狙われることはなく安心していられるが、それで何になるのだと自問した。

ただ息をしているだけのそんな暮しのどこに生きている喜びがあるというのだ。清吉は自分に問いかけた。

上州の木崎宿での五年間は苦しみと虚しさの連続だった。それでも、ひとりぼっちではない。おそめが待っていてくれる。そんな微かな希望があった。

だが、今はその微かな希望さえないのだ。

もうおしまいだ。清吉は自虐的な笑みを浮かべた。

「おい、兄さん」

いきなり背後から声をかけられて、清吉は飛び上がった。

「おい、驚くじゃねえか」

振り返ると、風呂敷の荷を背負った年寄りが立っていた。額に無数の皺《しわ》が刻まれ、無精髭《ぶしょうひげ》も白くなっている。

「すみません。予期していなかったので」

「そんなに驚くとは思わなかったぜ。まあいい」

年寄りは小さな丸い目を見開いて言い、

「それより、おまえさん、生きる気力をなくしていたんじゃねえのか」

と、きいた。

「…………」

清吉は声が出なかった。

「やはり、そうか」

年寄りは勝手に決めつけた。

「あっしは何も言ってねえ」

「言わなくてもわかる」

「………」

「どうだ、俺のところに来い。どうせ、行くところはねえんだろう」

「あなたは？」

清吉は身なりも貧しそうな男にきく。

「俺は作造《さくぞう》だ。ともかく、俺について来い」

「待ってくれ。作造さんはそんな荷を背負ってどこかに行くところだったんじゃありませんか」

「今日じゃなくてもいいんだ」

作造はよたよたした足取りで向柳原《むこうやなぎはら》のほうに歩きだした。どうやら、来た道を戻っているようだ。

「いいんですか。用を足《た》さなくて」

ついて行きながらきく。

「いいってことよ。死のうとしている者を引き止めるほうが大事だ」

「どうして、そう思ったんですか」

「おめえの横に死神が立っていた」

「えっ」

清吉は驚いて立ち止まった。

「冗談だ。早く、来い」

夕陽が斜めに射してきた。ひととすれ違うとき、清吉は思わず顔を俯けた。

作造は和泉橋《いずみばし》に近い神田佐久間町《かんださくまちょう》の薪炭屋《しんたんや》の裏口から入り、離れの土間に入った。

「遠慮するな」

「へい」

清吉は部屋に上がった。六畳間だ。万年布団が敷いてある。

「空いている場所に座れ」

作造は風呂敷の荷を下ろした。

「商売道具ですか」

「これか。そんな気のきいたものじゃねえ」

作造は風呂敷の結び目を解いた。出て来たのは着物や煙草《たばこ》入れや香炉など雑多なものだった。

「なんですか、これ」

清吉は不思議そうにきいた。

「質草《しちぐさ》だ」

「質草？　質屋に行くところだったのですか」

「稲荷町の質屋は言い値で受け取ってくれるんだ。おっと、心配するな。おめえさんを泊めることぐらい出来る」

「作造さんはここでひとりで？」

「そうだ」

「ここは薪炭屋のようですが、どのような関係なのですか」

「関係ない。世話になっているだけだ」

「どうしてここで世話を？」

「おいおい、俺のことなどどうでもいいんだ。死神に取りつかれたおめえの話を聞こうじゃねえか」

作造は真顔になって、

「おめえの背中から死の気配が漂っていた。わけを話してみな」

「…………」

「そうだ、素面《しらふ》じゃ話しやしねえな。ちょっと待っていろ」

作造は立ち上がって台所に行き、湯呑みと徳利を持ってきた。

「さあ、呑め」

酒を注いだ湯呑みを寄越した。

「すまねえ」

清吉は湯呑みをつかんでいっきに喉に流し込んだ。胃の腑に染み渡った。

「よし、もう一杯」

作造は空いた湯呑みに酒を注ぐ。

清吉はまた喉を鳴らして一気に呑み干した。

「やはり、辛そうな呑み方だ」

作造は眉根を寄せて言い、

「こんな俺でも話せば気が楽になる」

「聞いて驚かないでくださいよ。あっしはひとを殺して逃げまわっているんですよ。作造さんが助けるような男じゃありません」

清吉は絶望的なため息をついて、

「そのために好きな女とも別れ、すべてを失ってしまったんです。あっしにはもう心を落ち着かせる場所がないんですよ」

「三味線堀にいたのは逃げてきたあとだったのか」

「そうです」

「だから、俺が声をかけたとき、あんなに驚いたのだな」

「へえ」

「味方もいないのか」

「味方？」

「そうだ。おめえのために闘ってくれる者だ」

「います」

「じゃあ、おめえはひとりぼっちじゃねえんだな」

「そうです。あのお侍さんが……」

矢内栄次郎のことに思いを馳せた。

今頃、心配しているだろう。浅草黒船町に行くのはもはや『江戸屋』の連中に見つかる危険が大きい。

夜になったら本郷の屋敷に行こうと思った。

「そのお侍さんは心配しているかもしれねえな。明日にでも、俺がおめえのことを知らせに行ってやろう」

「いえ。夜になったら、お屋敷に行ってみます」

「おいおい、せっかくだ。今夜はここで休め」

「でも」

「じつを言うと、俺もひとりぼっちで話し相手がいないんだ。だから、今夜はおめえの話をじっくり聞きてえのさ」

そう言い、作造は酒を呷《あお》ったが、途中でむせて口から吐き出した。あわてて、作造は手拭いで畳を拭いた。

そのとき、はじめて作造に孤独の影を見つけた。

「作造さん、今夜、やっかいになっていいですかえ」

「もちろんだ。よし、夕飯は俺が作ってやろう」

作造は声を弾ませた。

ふと、作造はどのような生きざまをしてきたのか、清吉は自分のことを忘れ、改めて作造のことが知りたくなった。

三

栄次郎はおそめを追って行った清吉がなかなか戻ってこないので心配していた。出て行って四半刻（三十分）が経つと、栄次郎は立ち上がった。

「もし、清吉さんと入れ違いになったら、必ずここで待つように言ってください」

お秋に頼んで、栄次郎は外に出た。

辺りを探し、念のために駒形堂のほうまで行き、それから栄次郎は『守田屋』におそめを訪ねた。

おそめはあわてて出て来た。

「あのあと、清吉さんはあなたを追いかけたのですが」

栄次郎は確かめる。

「いえ、会ってません」

「そうですか」

「じつはうちのひとが、『江戸屋』の連中が騒いでいたと言ってました」

おそめは不安そうに言う。

「騒いでいた？　見つかったんでしょうか」

「その前に、八十吉さんの声が聞こえたので、八十吉さんが清吉さんを見つけたのかもしれないと言ってました」

「安蔵さんは？」

「清吉さんが心配だからって探しに行きました」

「そうですか」

栄次郎はいったんお秋の家に戻った。

「清吉さんは？」

「いえ、戻ってません」

お秋も曇った表情で答えた。

だんだん夕暮れてきた。

栄次郎はまたお秋の家を出て、今度は東仲町の『江戸屋』に行った。

お糸が出て来たので、

「清吉さんが見つかってしまったらしいのですが、何か聞いていますか」

と、きいた。

「はい。さっきひとりが駆け込んできたのできいたら、清吉さんを見失ったと言ってました。それで応援を呼びに来たと」

「まだ、捕まったわけではないのですね」

「はい」

「では」

栄次郎はすぐ『江戸屋』を離れ、もう一度、『守田屋』まで戻り、清吉の動きを想像した。

お秋の家に帰って来なかったのは、反対方向に逃げたのだろう。蔵前《くらまえ》方面は一本道だ。姿を見られる。

路地に入ったとしたら新堀川のほうだ。栄次郎はそっちに足を向けた。途中、惣菜屋できくと、目の前を走って行った男がいたと言った。

栄次郎はさらに先に進み、新堀川までやって来た。

川を越えたに違いない。阿部川町《あべかわちょう》の中を抜け、寺町を過ぎたが、『江戸屋』の連中も見つけられなかった。

さらに三味線堀に近付いたとき、数人の男たちを見つけた。『江戸屋』の連中だ。

栄次郎は駆け寄った。

「清吉さんは？」

「いや、見失った」

兄貴分の男が顔をしかめた。

「こっちのほうに逃げたのですか」

「辻番所の番人が清吉らしい男が三味線堀のほうに向かったのを見ていた」

「そうですか」

「だが、この先の辻番所できいたが、ひとりで駆けて行く男には気づいていないのだ。この先は行ってねえかもしれない」

「清吉さんに最初に気づいたのは八十吉さんだそうですね」

「そうだ。八十吉は念のためにと向柳原まで行っている」

「清吉さんを見つけたらどうするつもりだったのですか」

「捕まえて旦那のところに連れて行くだけだ」

兄貴分の男は言い、

「さあ、もう引き上げよう」

と、言った。

栄次郎は清吉が無事に逃げ果《おお》せたことに安堵した。今頃、本郷の屋敷に戻っているかもしれないと思った。

栄次郎は御徒町《おかちまち》を突っ切って、湯島切通しから本郷の屋敷に帰った。しかし、清吉は戻っていなかった。

翌朝、栄次郎は朝早く屋敷を出た。どんよりしていて、湯島切通しから見える寛永《かんえい》寺《じ》の五重塔が霞んでいた。

御徒町を突っ切り、下谷七軒町《しちけんちょう》に差しかかったとき、三味線堀のほうに駆けて行く男を見た。

確か、岡っ引きの勘助だと思った。気になって、栄次郎は勘助のあとを追った。前方の三味線堀の辺りでひとがたむろしていた。

勘助はそこに向かった。栄次郎は追いついた。

「どけ」

勘助はひとをどけて前に出た。栄次郎はひとの肩ごしに前を見た。男が横たわっていた。栄次郎ははっとした。

「行き倒れですか」

通りかかった職人ふうの男が野次馬にきいている。

「いや、堀にはまっていたそうだ」

まさか、清吉ではないか。あわてて、ひとをかき分けて前に出た。勘助がしゃがんで横たわっている男を見ている。着物は濡れていた。

勘助の脇から横たわっている男の顔を見た。水に浸かっていたらしいホトケの顔は生前とは違って見えたが、清吉ではないことはわかった。

だが、あっと思った。

「勘助親分。手下の八十吉さんじゃありませんか」

栄次郎はきいた。

「お侍さんは？」

勘助がきいた。

「矢内栄次郎と申します。清吉さんの知り合いです」

「あなたが矢内さまですか」

勘助は顔をしかめ、

「検《あらた》めているところですから、向こうに行っていてもらえませんか」

「わかりました」

栄次郎はホトケに合掌したとき、側頭部が陥没していることに気づいた。

「親分、何かで殴られて堀に落とされたようですね。この傷」

栄次郎は指で指し示した。

「うむ」

「親分、こいつを見てください」

手下らしい男が拳より大きな石を持ってきた。

「ここ？」

赤黒いものが付着していた。

「血だな。こいつで殴ったんだ」

勘平が顔を歪めた。

「こいつは清吉の仕業《しわざ》かもしれねえ」

「えっ？」

「八十吉は昨夜、清吉を追って行ったまま帰って来なかった」

「でも、清吉さんだとは言い切れないと思いますが」

「いや、清吉以外に考えられねえ」

勘助は厳しい表情で、

「清吉の野郎、この石でいきなり殴り掛かったのだ。それから発見を遅らせよう堀に落とした……」

「いえ、清吉さんだとはまだ」

「清吉は五年前も殺しをしているのだ」

勘助は決めつけた。

「でも」

「お侍さん。清吉の知り合いだと仰《おつしや》いましたね。清吉はどこにいるのですね」

「知らないのです」

「矢内さま。隠すとためになりませんぜ」

「私も探しているのです」

「まあ。ともかく、ここから出てください」

「わかりました」

その場から離れたとき、同心が駆けてくる姿が目に入った。

栄次郎は『守田屋』に向かったが、八十吉が殺されたことに衝撃と戸惑いを持った。このようなときに八十吉が殺されたら、勘助親分のように誰もが清吉に疑いを向けるのではないか。

栄次郎は駒形町の『守田屋』を訪れ、安蔵に会った。

「矢内さま、清吉の行方はわかりましたか」

上がり框まで出て来た安蔵がすぐにきいた。

「いえ、わかりません」

「そうですか。どこに行ったのか」

「それより、驚かないでください。八十吉が殺されました」

「………」

聞き取れなかったのか、安蔵は首を傾げた。

「八十吉が殺されたのです」

「えっ、八十吉が殺された？」

安蔵が目を見開いて、

「まさか……」

「いえ。まだ下手人《げしゆにん》はわかりません」

「どこで？」

「三味線堀です」

「三味線堀といえば、昨日、『江戸屋』の連中がそこまで行っていたようです」

「ええ、私も会いました」

「矢内さま。清吉に疑いがかかるんじゃありませんか」

「ええ。勘助親分も端《はな》から清吉がやったと決めつけています」

「清吉の奴、どこにいるんだ。このままじゃ、ますます疑われてしまいます」

安蔵はやりきれないように言ったあと、

「ひょっとして、清吉はまた江戸を離れたのではありませんか」

と、きいた。

「いえ、清吉さんはおそめさんに話があったんです。それをすますまでは江戸を離れないと思います」

「そうですか」

そこに、おそめが顔を出した。

「おそめ。驚くな、勘助親分の手下の八十吉さんが殺されたそうだ」

「殺された？」

おそめは息を呑んだあと、

「まさか、清吉さんが……」

「まだ、わかりません」

栄次郎はそう言ったが、誰もがそう思うのだ。早く見つけ出さないと、ますます清吉に不利になる。

「おそめさん。清吉さんはあなたに話すことがあって、お秋さんの家から引き上げたあなたを追いかけて行ったのです。あなたのところに必ず現れるはずです」

「来るでしょうか」

「来ます。あなたとのことにけじめをつけないまま江戸を離れることはありません。現れたら、お秋さんの家に必ず行くようにと話してください」

「わかりました」

おそめは思い詰めた目で頷いた。

栄次郎は『守田屋』を出て、お秋の家に向かった。

念のため駒形堂のほうに向かった。清吉がそこで様子を窺っているのではないかと淡い期待を持ったが、清吉が潜んでいる気配はなく、大川沿いを諏訪町《すわちょう》から黒船町にやって来た。

お秋の家に入る。お秋が奥から出て来て、

「清吉さん、どうでしたか」

と、心配そうにきいた。

「いえ」

栄次郎は首を横に振った。

「栄次郎さん、どうかしたのですか。何か屈託があるみたいよ」

「八十吉が殺されたんです」

そのことを話すと、お秋は絶句した。

「まだ、清吉さんの仕業かどうかわかりません。ただ、清吉さんに疑いが向かうのは避けられません」

「まあ」

「いずれにしろ、清吉さんから私に何らかの方法で知らせがあるはずです。おそらく、ここか私の屋敷です」

「矢内さまのお屋敷？」

「はい。でも、ここのような気がします」

「わかりました。清吉さんが現れたら匿《かくま》ってやります」

「お願いします」

「栄次郎さん、どちらへ」

「探索の様子を聞いてきます」

栄次郎はあわただしくお秋の家を出た。

再び、三味線堀にやって来た。

すでに八十吉の亡骸《なきがら》は片づけられていた。相変わらず空はどんよりしているが、雨が降りだす気配はまだなかった。

栄次郎は堀の傍に立った。堀の向かいは佐竹《さたけ》右京大夫《うきょうだゆう》の上屋敷の長い塀が続いている。

この場所は表門の門番所から少し離れている。

夜は真っ暗でここを見通せないだろう。悲鳴はきこえたかどうか。

栄次郎は、八十吉と清吉がここで揉み合った光景を想像してみた。

八十吉はお上の御用からではなく、『江戸屋』の主人欽之助の命《めい》を受けて清吉を追っていたのだ。殺すのではなく、捕まえて欽之助の前に連れて行くためだ。

となれば、ここで追いつけば八十吉は清吉を捕まえようとして取っ組み合いになったことは想像に難くない。

揉み合いになって清吉は投げ飛ばされて地べたに這った。そのとき、たまたま落ちていた石をつかみ、起き上がった清吉は八十吉の側頭部を殴った……。このように想像が出来るが、妙なことがある。

清吉が起き上がったとき、八十吉は横を向いていたことになる。清吉が起き上がるのを待っていたのなら八十吉は正面を向いていたはずだ。それとも、仰向けに倒れた清吉に八十吉は馬乗りになった。そのとき、たまたまつかんだ石で八十吉の側頭部を殴ったというのか。

寝そべったままで、殺害に至るほどの力を込められるだろうか。

栄次郎はその周辺を見回した。石はところどころに転がっていたが、拳より大きな石は見当たらない。

たまたまひとつだけ落ちていたのか。そんなことを考えてから、栄次郎は左右を見た。辻番所まで離れている。夜ならばここでの揉み合いは見えないだろう。

栄次郎は昨日の『江戸屋』の者の話を思い出す。向柳原方面へ向かう途中にある辻番所の番人はひとり歩きの男を見ていなかったという。

もし、清吉が八十吉を殺して逃げたのなら向柳原方面ではなく、堀の反対側にまわり、元鳥越町《もととりごえちょう》から蔵前のほうに向かったとも考えられるが……。

ともかく、探索の様子を聞こうと、栄次郎は勘助親分を探すために浅草方面に戻った。

四

清吉が目を覚ましたのは朝四つ（午前十時）をまわっていた。空が暗いので、そんなに経っているとは思わなかった。

昨夜は作造と夜更けまで酒を呑み、ときには泣きながら自分のことを語った。作造はいちいち合いの手を入れながら聞いていた。

そりゃ、ひでえ話だ。欽三って奴が一番いけねえ。いや、もっといけねえのが父親の欽之助だ。伜を甘やかせて育てた、あの男のせいだ。それなのに、おめえに仕返しをしようなんて、とんでもねえ勘違いをしてやがる。作造はそう言って、欽之助を非難した。

「起きたか」

作造が声をかけた。

「作造さんはもう起きていたのか」

昨夜、いっしょに遅くまで呑んでいたのにと、清吉は元気だと感心した。

「いや、俺だってついさっき起きたのよ。久しぶりに、酔うまで呑んだ。おめえのこともよくわかったしな」

作造は笑った。

「作造さんは自分のことはあまり話してくれなかったじゃないか」

「俺の話など詰まらん。それに昔のことだ」

「いや、知りてえ」

「そのうちにな。飯の支度が出来ている。食え」

「すまねえ」

清吉は起き上がり、厠《かわや》に行き、顔を洗って部屋に入った。

「じゃあ、清吉。飯を食っていろ。俺はこれから浅草黒船町まで行って来る。こんな足だ。急いでは行けないが、ここで待っているんだぜ。何かあるといけねえから、俺が帰るまでじっとしているんだ」

「わかった」

「じゃあ、行ってくる」

「すまねえ」

作造はよたよたした足取りで土間から出て行った。

昨日三味線堀で途方に暮れていたときは、死を決意した。生きていても仕方ない。

その前に、もう一度おそめに会い、きれいに別れてから死を選ぼうと思うようになっていた。ところが、作造に声をかけられ、話しているうちに何がなんでも生きていかねばならないと思うようになった。

清吉は飯にお付けにお新香、それだけの粗食だが、夢中で食べた。作造も辛い思いをして生きてきたのに違いない。

だが、今は飄々として生きている。作造のような生き方だってそう悪くないかもしれない。そう思った。

栄次郎といい、作造といい、見ず知らずの俺のために力を貸してくれる。まんざら、この世の中も捨てたものではない。

おそめが生きていく上でのすべてではないのだ。こうなったのも定めだ。なりゆきに任せ、生きて行く。新しい自分に生まれ変わるのだ。

清吉は生きる意欲が湧いてきた。俺のこの気持ちを伝えればおそめは安心するはずだ。今なら、おそめの仕合わせを素直に願うことが出来る。

飯を食い終え、清吉は椀を洗った。

そのあとで、煙草を吸っていると、戸口で物音がした。作造が帰ってくるには早すぎる。訝《いぶか》りながら、戸口に向かった。すると、そこに作造が立っていて肩で大きく息をしていた。

「作造さん、どうしたんだ？」

清吉は駆け寄り、

「具合が悪くなったのか」

と、顔を覗き込んだ。

「そうじゃねえ、大変だ」

「なんだ。何があったんだ？」

「三味線堀で、岡っ引きの手下の八十吉って男が殺されたってことだ」

「八十吉が？」

清吉は耳を疑った。

「なんで八十吉が殺されなきゃならなかったんだ」

「驚くな。岡っ引きはおめえに疑いを向けている」

「なんだって」

清吉は憤然とした。

「ちくしょう」

「だが、安心しろ。俺はおめえが無実なのを明かすことが出来るんだ。俺がいつでも出て行ってやる」

「だめだ」

清吉は力なく言った。

「そのためには俺が勘助親分の前に出て行かなくちゃならねえ。そうなったら、勘助親分は俺を『江戸屋』に突き出すかもしれねえ」

「まさか」

「いや、わからねえ。勘助親分は『江戸屋』の旦那には頭が上がらないんだ」

「じゃあ、どうするんだ?」

「わからねえ」

清吉は首を横に振った。

「だが、このままじゃ、ますますおめえに不利になる」

「…………」

清吉は呻《うめ》いた。

よりによって、こんなときに八十吉が殺されるなんてと自分の不運を嘆いた。せっかく気持ちを切り換え、新しい生き方に向かって行こうとしたところだった。

「所詮、俺はもうこの世で浮かび上がることなど出来やしねえんだ」

また、清吉は自棄《やけ》っぱちに言う。

「清吉。そんなにあっさり諦めるんじゃねえ。案外と今頃、八十吉を殺した下手人が見つかっているかもしれねえ。ともかく、俺は浅草黒船町まで行って来る。矢内栄次郎ってお侍の力を借りよう。いいか、早まった考えはなしだ。いいな」

「わかった」

「じゃあ、ここでじっとしているんだ」

そう言い、改めて作造は出かけて行った。

ひとりになって、清吉はなぜ八十吉が殺されねばならないのかを考えてみた。八十吉はお上の御用を笠に着て、陰ではあくどいこともしていたらしい。八十吉を恨んでいる者がいてもおかしくない。その中の誰かが殺したのではないか。

そういえば、八十吉はどこかの商家の旦那の妾といい仲だと、安蔵は言っていた。妾を寝取られた旦那が殺し屋を雇ったということも考えられる。

八十吉の周辺にはきな臭い話が幾つもあるようだ。そこをついていけば、八十吉殺しの下手人に辿り着くのではないか。

今から安蔵に会いに行きたかった。安蔵だって、俺のことを疑っているかもしれない。安蔵に身の潔白を示しながら八十吉が恨みを買っている相手のことをきき出すのだと、清吉は逸《はや》った。

今すぐにでも安蔵に会いに行きたかったが、真っ昼間に出歩くのは危険だった。特に、『守田屋』の周辺には『江戸屋』の連中がうろついていることが十分に考えられた。

作造が帰って来たのは一刻（二時間）後だった。

「矢内ってお侍はいなかった。いちおう、お秋という女に、あるひとに頼まれてきた、作造という者が和泉橋の袂《たもと》で待っているから夕七つ（午後四時）に来てくれと伝えてきた」

「そうですか」

あるひとが清吉だと気づいてくれるだろうか。

「それより、かなり町方が出ている。ひとりで歩いている若い男に片っ端から声をかけていた」

「あっしを下手人と決めつけているんですね」

「おそらくな」

栄次郎が和泉橋に現れなければ本郷の屋敷に行こうと思った。夜の闇に紛れれば見つからず行けるだろう。

その頃、栄次郎は八十吉の住んでいた聖天町の長屋を訪ねた。

八十吉の亡骸は座棺に納められ、部屋の中に安置されていた。その前に線香が煙を上げ、年配の男がひとりだけ、座棺を守っていた。

栄次郎は挨拶をしてから、白い布を顔におおった八十吉に手を合わせた。

隣りの住人だという年配の男が、

「こんな姿になったのも自業自得ですよ」

と、吐き捨てた。

「自業自得？」

「ええ。女ったらしでしたからね。ずいぶん、恨まれていたんじゃないですか」

男は顔をしかめた。

「恨んでいるのはどなたですか」

「去年でしたか、『越後屋《えちごや》』の主人がここに乗り込んできたことがあります」

「『越後屋』の主人というと？」

「池之端《いけのはた》仲町にある古着屋です。なんでも、『越後屋』の主人の妾といい仲になったそうです」

「で、何かもめたのですか」

「主人がもう妾に手を出すなと言ったとき、十両の手切れ金を要求したそうです。その金をもらったあとも関係を続けていたそうです」

「そのことを『越後屋』の主人は？」

「八十吉を責める前に、妾に愛想をつかしたそうで、妾を妾宅《しょうたく》から追い出してしまったそうです」

「その妾はどうしたんですか」

「ここに転がり込んで来たのですが、しばらくして妾の姿も消えました。八十吉が追い出したんですよ」

　男は顔をしかめ、

「岡っ引きの手下をしているのも、勘助親分といっしょにいるといろいろな旨味《うまみ》があるからですよ。いざというときには、勘助親分に頼んで始末をしてもらっていました。ずるがしこい男でしたが、こんな姿になってみると哀れなものです」

「その妾の名はわかりますか」

「いえ。そこまでは」

「そうですか。その他にも恨まれるようなことは？」

「あったと思いますよ。でも、岡っ引きの手下だからみんな泣き寝入りをしたんじゃないんですか」

「勘助親分は何も注意をしないのですか」

「同じ穴のむじなですからね」

そう言って、男ははっとしたような顔をした。誰も聞いていないのがわかるとほっとしたようにふっと息を吐いた。

「弔問客はあまり来ませんね」

「捕り物仲間や昔の仲間が昨夜の通夜にちょっと顔を出しましたが」

「昔の仲間というと?」

「八十吉はこの辺りのごろつきでしたからね。それがいつの間にか勘助親分の手下になっていました」

「昔の仲間で誰か名前を知りませんか」

「ひとり嘉助《かすけ》と呼ばれていました。三十歳ぐらいの目が大きく、顎鬚《あごひげ》の濃い男でした」

「どこに住んでいるかわかりませんか」

「わかりません。でも、奥山をうろついているんじゃありませんか。『江戸屋』で聞けばわかると思いますが」

戸口に人影が射した。勘助親分の手の者のようだ。

栄次郎は挨拶して辞去した。


栄次郎はいったん『守田屋』に寄った。

安蔵に会ったが、清吉はまだ現れないという。

「八十吉殺しの進展は？」

栄次郎はきいた。

「清吉を追っています。勘助親分は清吉以外に下手人は考えられないと言ってました」

「何か根拠があってのことでしょうか」

「三味線堀の現場に清吉のものと思われる根付《ねつけ》が落ちていたそうです」

「清吉さんのものだとはっきりしているんですか」

「勘助親分がそうだと決めつけています」

おそらく、清吉の仕業だという思い込みから、落ちていた根付を清吉のものだと信じてしまっているのかもしれない。

「矢内さま。やはり、清吉は江戸を離れたのでは……。正直申しますと、清吉にはこのまま江戸を離れてもらいたいと思っています。江戸にいたのでは、清吉はぼろぼろにされてしまいます」

安蔵は真剣な目つきで、

「もし、清吉と会うようなことがありましたら、私が江戸を離れろと言っていたと伝えていただけませんか。おそめのことも心配するなと」

「いえ。このまま江戸を離れたら、逃げたと思われ、ほんとうに八十吉殺しの下手人にされてしまいます」

「………」

「さっきも言いましたように、清吉さんは必ずおそめさんに会いに来るはずです。来たら、隠れ場所を聞いてください」

「わかりました」

栄次郎は安蔵と別れ、お秋の家に戻った。

「栄次郎さん」

お秋が出て来て、

「さっき、見すぼらしい身なりの年寄りが栄次郎さんを訪ねてきたの。いないと言ったら、あるひとに頼まれてきた、作造という者が和泉橋の袂《たもと》で待っているから夕七つ（午後四時）に来てくれと伝えてくれと」

「あるひと？」

栄次郎ははっとした。清吉ではないか。

「今、何刻《なんどき》でしょう？」

「そろそろ七つになるんじゃないかしら」

「行ってみます」

栄次郎はお秋の家を飛び出した。蔵前方面に走り、元鳥越町から武家地を抜けて、神田川に出た。

和泉橋に辿り着いたが、周囲には誰もいなかった。橋の袂に立って、栄次郎は辺りを見回す。

どこかからこっちの様子を窺っているのかもしれないと、対岸の柳原の土手に目を向けた。草むらが風もないのに微かに揺れた。

栄次郎は橋を渡った。そして、土手の草むらに目をやった。しゃがんでいる男がいた。年寄りだ。

「作造さんじゃありませんか」

栄次郎は見当をつけてきいた。

年寄りが立ち上がった。皺の浮いた顔を向け、

「お侍さんは？」

と、きいた。

「矢内栄次郎です」

「矢内さま」

年寄りは土手に上がってきた。動きがのろいので暇がかかった。

やっと栄次郎の前に来た。

「作造です」

「浅草黒船町まで来て下さったのですね。清吉さんから頼まれたのでは？」

「そうだ。清吉はうちにいる」

「ほんとうですか。案内してください」

作造はよたよたした足取りで橋を渡りはじめた。

栄次郎はあとをつける。

橋を渡り、神田佐久間町に入る。町木戸を抜けてほどなく薪炭屋が現れ、作造は手前の路地を入った。

そして、薪炭屋の裏口にやって来た。

「ここで」

作造は中に入る。栄次郎は続く。作造は戸を開け、庭を抜けると離れがあった。

「矢内さまを連れて来たぜ」

作造が土間に入って声をかけた。しかし、返事がない。部屋の中は静かだ。

「清吉」

作造は部屋に上がった。

「おい、どこだ?」

作造は大声を出した。

栄次郎は胸騒ぎがした。ひとのいる気配はしない。

作造が台所のほうから戻ってきた。

「いねえ」

「厠でしょうか」

栄次郎は部屋の中を見る。清吉のものと思える荷が置いてある。煙草盆の傍に煙草入れが置いてあった。

かなりあわてて飛び出したのか。栄次郎は煙草入れを手にした。そのとき、思わずあっと叫んだ。

煙草入れの紐が脆《もろ》くなって切れていた。根付がなくなっている。

「まさか」

栄次郎は茫然と煙草入れを見ていた。

「矢内さま。どうなさった？」

「ここに根付がついていたんじゃないかと思うのですが」

「根付？」

作造が首をひねった。

「あったかな」

「それより、作造さん。清吉さん、どうしたのでしょうか」

「…………」

作造が強張《こわば》った表情で立ちすくんでいた。

「作造さん、どうかしたのですか」

栄次郎は訝った。

作造ははっと我に返った。

「ここに町方か『江戸屋』の連中がやって来たのだ」

「どうして、そう思うのです？」

「煙草入れと煙草盆が出しっぱなしだ。清吉は煙草を吸い終えたあと、煙草入れと煙草盆を必ず元の場所に戻した。そのままにしておくことはしなかった」

「あわてて飛び出したということですね。でも、それがどうして町方か『江戸屋』の連中がやって来たと？　ひょっとして、黒船町の帰りにあとをつけられた……」

「そうに違いない」

作造は興奮して、

「俺が奴らをここまで案内してしまったのだ」

「でも、どうして作造さんと清吉さんが……」

そこまで考えたとき、栄次郎はあっと声を上げた。

「作造さんは、清吉さんとどこで知り合ったのですか」

「三味線堀だ。清吉は思い詰めた目で堀を見ていたので声をかけた」

「それからふたりでここまでやって来たのですね」

辻番所だ。『江戸屋』の兄貴分らしい男は、三味線堀から向柳原方面にはひとりだけで歩いていた男はいなかったと番人が言っていたと話していた。

しかし、その番人はよたよた歩きの年寄りと三十歳ぐらい男が並んで歩いていたのを見ていた。兄貴分の男は番人からそのことを聞いたが、関係ないと思い聞き流していたのではないか。

「作造さん。あなたは黒船町からここまで、どういう道順を？」

「じつは様子を見ようと、『守田屋』まで行ったんです」

「そのとき、『江戸屋』の兄貴分の男が作造さんを見たんです。歩き方の特徴を見て、辻番所の番人の言葉を思い出したのでしょう」

「俺はなんてことを」

作造はくずおれ、頭を自分の手で何度も叩いた。

兄貴分はここまであとをつけ、仲間を呼び寄せ、見張っていた。すると、裏口が開いて作造が出て来た。その間に忍び込んだのだ。

部屋の中に争った形跡はない。逸早《いちはや》く気づいて清吉は母家のほうから逃げたのではないか。

清吉さん、どこに逃げたのだ、と栄次郎は心の内で叫んでいた。

五

清吉は入り組んだ武家地の路地を駆け抜け、稲荷町までやって来た。そして、目の前に見えた寺の山門をくぐった。

本堂の裏まで行き、少し休んだ。

まさか、『江戸屋』の連中がやって来るとは思わなかった。おそらく、作造はあとをつけられたに違いない。

すぐ離れを出て、母家の台所から店先を走り抜けてここまで逃げてきた。もはや、江戸に居場所はない。八十吉殺しの下手人を自分の手で見つけ無実を明かしてみようと思ったが、とうてい無理だとわかった。

もはや江戸から離れるしかない。だが、どうしてもおそめに会ってから江戸を離れるのだ。また、地獄のような日々がはじまる。終わりのない地獄が死ぬまで続くのだ。

辺りが暗くなり、暮六つ（午後六時）の鐘が鳴りだした。

さらに半刻（一時間）ほど待って、清吉は山門を出た。

周囲に常に目を配り、駒形町までやって来た。『守田屋』の大戸はすでに閉まっている。清吉は家人が使う戸口の前に行き、そっと戸を開けた。

土間に入った。

「ごめんください」

用心深く声をかけた。女中のお敏が出て来てくれることを祈っていると、出て来たのはお敏ではなかった。

「清吉さん」

おそめだった。

「来てくれたのね」

おそめが駆け寄った。

「おそめさん。この間は悪かった。きっと仕合わせになってくれ。祈っている。じゃあ、あっしは」

「待って」

おそめが引き止める。

「どこへ行くの？」

「わからねえが、どこへ行っても生きて行く。死んだりしねえから安心してくれ。じゃあ、安蔵兄いによろしく」

清吉が戸に手をかけたとき、

「清吉」

と、安蔵の声がした。

清吉ははっとした。

戸にかけた手を離し、振り返る。安蔵が厳しい顔で立っている。

「清吉。今夜、行くところがあるのか」

「なんとかなります」

「うちに泊まっていけ。明日の朝早く出ればいい」

「…………」

「心配いらねえ。俺たちを信じるんだ」

「そうよ、清吉さん。信じて」

「あっしは『江戸屋』の連中に狙われているだけじゃねえ。八十吉殺しで町方に追われている身ですぜ。そんな男を匿ったら、あとでどんな……」

「気づかれはしない。それに、この周辺には町方も張っている。今出て行くのは危険だ」

「…………」

「上がれ」

「清吉さん、上がって」

「お気持ちだけありがたくちょうだいします。でも、ここに泊まるのはあっしには殺《せっ》生《しょう》です」

「………」

「じゃあ、御達者で」

「待つんだ。矢内さまから、おめえが現れたら知らせてくれと言われているんだ。行き先を教えてくれ」

「いや、このまま江戸を離れる」

「また木崎宿に行くか」

「いや。お尋ね者になっちまったんだ。あのとっつあんに迷惑がかかるような真似は出来ない」

「清吉さん。無実なんでしょう。やっていないんでしょう。だったら、奉行所に行って無実を訴えたら……」

おそめが夢中で言う。

「だめだ。仮に無実が明かされても、今度は『江戸屋』に突き出されるだけだ。もう、八方塞《はっぽうふさ》がりなんだ」

「そんな」

　おそめが泣きそうな声を出す。

「清吉、ちょっと待っていろ」

　安蔵は奥に引っ込んだ。そして、手に何か持って戻ってきた。

「ここに十両ある。持って行け」

「安蔵兄い」

「遠慮するな」

「すまねえ」

　清吉は押しいただく。

「江戸を離れるにしろ、千住《せんじゅ》や板橋などは見張られているとみていい。十分に注意をして通るのだ」

「わかりました」

「待て」

　安蔵は土間に下り、戸を開けて外に出た。

　しばらくして戻ってきた。

「見張りはいない」

「じゃあ、おそめさんとお仕合わせに」

「清吉も達者でな」

「じゃあ」

清吉は『守田屋』を出た。

このまま江戸を出ようとしたが、脳裏に矢内栄次郎と作造の顔が交互に浮かんできた。このふたりに礼を言わぬまま別れるわけにはいかない。

清吉は通りに出た。向かいからふたり連れの男がやって来る。無意識のうちに横道に入る。

神田川まで出た。暗がりを和泉橋のほうに向かう。ときたま、提灯を持った男を見かける。町方のような気がして道を変えて神田佐久間町にやって来た。

作造がいる薪炭屋に近付いてはっとした。男が裏門から出て来た。『江戸屋』の男のようだ。

戻ってくると思って待ち構えているのか。

諦めて、本郷に向かう気になった。矢内栄次郎の屋敷だ。だが、目につく男が町方か『江戸屋』の連中に思えて先になかなか進めなかった。

いつの間にか御徒町の武家地に入っていた。湯島切通しを通って本郷に向かおうとしたが、下谷広小路に出ると岡っ引きらしい男が目に飛び込んだ。

あわてて足の向きを変えた。どうもいけねえ。なんでも町方に見えてしまう。疲れているのかもしれない。

五條天神《ごじょうてんじん》の裏手にやって来た。小さな女郎屋が並んでいた。軒先で女が客引きをしている。その前を素通りしようとしたが、女が出て来て声をかけた。

「ねえ、寄っていかないかえ」

清吉は無視して行き過ぎたが、向かいから来る男が『江戸屋』の男に似ていたので、あわてて引き返し、女の前に立った。

「案内してくれ」

清吉は言う。

「いいのかえ」

痩せぎすの女だった。顔も細い。

「ああ。泊まりだ」

「うれしい」

女は清吉の手を引っ張り、店に連れ込んだ。

遣《や》り手婆《ばば》がじろじろ値踏みするように見ていた。薄気味悪い。

狭い梯子段を上がり、二階の部屋に行く。

四畳半で、紅殻《べんがら》色の鏡台が置いてある。清吉は窓辺に寄り、障子を少し開けて外を見る。怪しい人影はなかった。

障子を閉めて部屋の真ん中に腰を下ろす。行灯の淡い火影《ほかげ》に女の白い顔が浮かび上がった。目尻に小皺は目立った。

「おそめです、よろしく」

「なに、おそめ」

急に胸が苦しくなった。よりによって、同じ名の女がつくとはと、ため息をついた。

「どうなさったの？」

女が眉根を寄せた。

「私じゃ気に入らないの？」

「どうして？」

「だって、今すごくいやそうな顔をしたから」

「そうじゃねえ」

清吉はあわてて、

「さっき、遣り手婆にじろじろ見られたのを思い出したんだ。値踏みされているようで、薄気味悪かったぜ」

「あら、そうじゃないのよ」

女は笑った。

「岡っ引きがね、ひと殺しがこういう場所に隠れ込むことがあるって言いに来たのさ」

「…………」

「兄さん、名前は？」

「えっ？」

「名前よ」

「俺は作造だ」

作造の名を使ったのは妙な予感がしたからだ。

「逃げ回っているひと殺しは清吉って名前よ」

「…………」

「あら、どうしたの？」

「いや。まさか、俺がそのひと殺しに似ていると思われたんじゃないだろうな」

「どうしてそう思うのさ」

「妙にじろじろ見ていたんだ。いやだぜ、あとで岡っ引きに踏み込まれたら。そのときひと違いだとわかってもいい気分じゃねえ」

「作造さんはひと殺しなんかするようなひとじゃないわ」

「どうしてそう思うんだ？」

「目よ。目を見ればわかるわ。ひと殺しの目は濁っているってさ」

「そうか。それなら安心だ。酒をもらおうか」

「はい」

「そうだ。下に行ったら、ちょっと聞いてみてくれ。あの遣り手婆の見立てが気になる」

「へんなことにこだわるのね。わかったわ」

　女は立ち上がった。

　女が出て行くと、清吉はすぐ窓辺に寄った。障子を少し開けて外を見る。遣り手婆が町方に知らせに走ったかもしれないと思った。

　柳の木の奥の暗がりに何かが動いたような気がした。固唾《かたず》を呑んだが、やがて男が姿を現した。どうやら小便をしていたようだ。

背後で障子が開いた。

「作造さん、聞いてきたわよ」

女は入ってきて言う。

「やっぱり、目を見ていたんだって。ひと殺しの目じゃないって」

「でも、目でそこまでわかるものか」

「そうよ。目は嘘をつかないもの。じつはね、遣り手婆の言いぐさを真似たの。あのひとはいろんなひとを見て来ているからわかるのよ。こういう商売していると罪を犯したひとたちにも出会うでしょう。だいたい、間違いないって言っていたわ」

「…………」

廊下にひとの気配がした。女は障子を開けて、置いてあった酒肴を部屋に持ち込んだ。

女が猪口に酒を注ぐ。

「おそめというのは源氏名か」

清吉は酒を呷《あお》ってからきく。

「ほんとうの名よ」

「そうか」

「作造さん、おそめって女と何かあったのね」

女は酒を注ぎながらきく。

「どうしてだ？」

「なんとなく」

「昔のことだ」

「そう」

女はじっと清吉の顔を見つめ、

「辛そうね」

と、きいた。

「俺がか、そんなことはない」

清吉は表情を隠すように猪口を口に運ぶ。

「国はどこだえ」

自分のことから話題を逸《そ》らすために、清吉はきいた。

「上州よ」

「上州？」

「作造さんも？」

「俺は江戸だ。ただ、しばらく木崎で暮らしたことがある」

「そう」

猪口を置き、清吉は帯に手をやった。煙草入れの感触がなかった。あっと気がついた。あわてて逃げたので、作造の部屋に忘れてきた。

「煙草？」

女がきく。

「煙草入れを忘れてきた」

女は煙草盆を引き寄せ、長煙管《ながぎせる》を手にして刻みを入れ、火鉢の赤く燃えている炭で火を点《つ》けた。

それを清吉に寄越した。

「すまねえ」

清吉は煙管を受け取った。

その夜、女の温もりを感じながら、清吉は眠りについた。夜中にうなされて目を覚ました。首を刎《は》ねられる夢だった。

隣りで、女は寝息を立てている。うなされたことは気づかれなかったようだ。それから、さまざまなことが蘇り、寝つけなかった。

それでもいつしか寝入ったようだ。ふと目が覚めると、女が肩を揺すっていた。

「起きて」

目の前に、緊張した女の顔があった。

はっとして、清吉は跳ね起きた。

「夜明けに、岡っ引きが踏み込むらしいの」

「なに」

「早く支度をして」

清吉は身支度をしたあと、金を出した。

「あまったらとっておいてくれ」

「ありがとう。さあ、こっちに」

部屋を出て、暗い梯子段を下りる。

遣り手婆が待っていた。

「おまえさん。清吉さんだろう」

清吉は息を呑んだ。

「ゆうべ、岡っ引きの手下がおまえさんがここに入るのを見ていたそうだ。逃げられるといけないから明るくなってから踏み込むと言っていた。今ならだいじょうぶだ」

「どうして？」

「おまえさんの目はひと殺しの目じゃないもの。私にはわかるんだ。さあ、おそめ。裏口から」

「はい。こっちよ」

「すまねえ。このとおりだ」

清吉は遣り手婆に頭を下げ、おそめという女のあとに従い、庭に出て、裏口に向かった。おそめは立ち止まり、

「気をつけて」

「これを」

清吉はおそめに一両を渡した。

「まあ」

「悪い金じゃねえ。じゃあ、世話になった」

清吉は戸を開け、様子を窺ってから外に出た。

表のほうにまわると、岡っ引きの手下らしい男がふたり、暗がりに佇《たたず》んでいた。

ようやく東の空が白みはじめた町を、清吉は湯島切通しに向かって走った。

第三章　行方不明の男

一

栄次郎は未明に起き、いつものように刀を持って庭に出た。

稽古相手の柳の木に向かって立つ。栄次郎は田宮流居合術《たみやりゅういあいじゅつ》の達人である。二十歳を過ぎた頃には師範にも勝る技量を身につけていた。足を前後に開き、腰を落とす。左手で鯉口《こいぐち》を切り、右手を刀の柄《つか》に添える。葉が風に揺れた刹那《せつな》、右足を踏み込んで、伸び上がりながら抜刀する。剣先は葉のすれすれを走る。

刀を頭上でまわし、鞘に納める。また、すぐに居合腰になった。

手首の腱を傷めてから少し押さえ気味にしてきたが、毎朝、半刻（一時間）ほど、居合の稽古をするのだ。

そのとき、下男が庭に現れた。

栄次郎は居合腰からふつうの姿勢に戻った。

「清吉さんが今、駆け込んできました」

「清吉さんが」

「はい。中間部屋におります」

栄次郎はすぐ刀を持ったまま、庭をまわり、門番所の並びにある長屋に急いだ。

中間部屋の戸を開けてて土間に飛び込むと、部屋の上がり口に清吉が畏《かしこ》まっていた。

「清吉さん」

栄次郎はほっとしたように、

「よくここに来てくださいました」

「矢内さま。ご心配をおかけしました」

栄次郎は部屋に上がって、

「昨夜、作造さんといっしょに薪炭屋の離れに行ったのです。そしたら、清吉さんの姿がありませんでした」

「『江戸屋』の連中が踏み込んできたのです。その前に逃げ出しました」

清吉は、夜になって『守田屋』に行き、おそめと安蔵に会ったことを話し、その後、

五條天神の裏手の遊女屋に入ったことを話し、

「でも、遊女屋にも奉行所の手が伸びていました。敵娼《あいかた》と遣り手婆のおかげで踏み込まれる前に逃げ出し、ここまで走ってきました」

「そうでしたか」

「あっしを匿っていることがわかったら迷惑がかかるのではないかと気になって迷ったのですが」

「何を仰いますか。清吉さんは無実です。八十吉を殺した下手人は別にいます」

栄次郎は強く言う。

「ですが、もうだめです。勘助親分はあっしを下手人だと信じきっているんじゃありませんか」

「手下が殺されたので、頭に血が上って冷静に考えられなくなっているんです。きっと、真の下手人を探し、あなたの汚名を雪《そそ》ぎます」

「いえ」

清吉は首を横に振った。

「八十吉殺しの疑いが晴れたとしても、欽三殺しの事実は消えません。『江戸屋』から狙われ続けるのです」

「その件も、『江戸屋』の旦那の欽之助さんにわかってもらいます。死んだ欽三さんの責任も大きいのですから」

「五年経っても、まだ恨み続けています。わかってくれるのは無理だと思います。私は江戸を離れます」

「江戸を離れてどうするのですか」

「どこか遠いところで暮らします。死を選んだりしませんから心配しないでください。江戸にいれば安蔵兄いとおそめさんのことが気になりますが、遠い地ならだんだん忘れていけると思います」

「そう決めつけるのはまだ早すぎます。一つずつ、難問を片づけましょう」

「出来るでしょうか」

「出来ます。大事なことは最後の最後まで諦めないことです。八十吉について調べてみましたが、ひとから恨みを買うような真似をしています」

「ええ。安蔵兄いから、八十吉はどこかの商家の旦那の妾といい仲だと聞いたことはあります。妾を寝取られた旦那が殺し屋を雇ったということも考えられますが、安蔵兄いもどこの商家の旦那かはわからないと思います」

「わかっています。池之端仲町にある『越後屋』という古着屋です」

「どうして、それを？」

「八十吉が住んでいる長屋の住人に聞きました。『越後屋』の主人がもう妾に手を出すなと言って十両を八十吉に渡したそうです。でも、その金をもらったあとも八十吉は関係を続けていたそうです。それで、『越後屋』の主人は妾に愛想をつかし、妾宅から追い出してしまったそうです。その後、八十吉は妾を捨てたそうです」

「なんとひどい」

「ともかく、『越後屋』の主人と妾を調べてみます。妾も八十吉にはひどい目に遭っていますから、かなり八十吉を恨んでいるでしょう」

「わかりました。私も調べます」

「いえ、出歩くのは危険です」

「でも」

「じっとしているのは辛いでしょうが、ここで辛抱していてください」

「…………」

「そうそう、清吉さんの煙草入れの根付がなくなっていました。どこでなくしたのか覚えていませんか」

「いえ、ずっと気づきませんでした」

「じつは、三味線堀の現場近くに根付が落ちていたそうです、それを勘助親分が拾ったんです」

「えっ、三味線堀……」

「覚えは？」

「落としたとしたら、三味線堀で休んでいたときです。そのとき、作造さんから声をかけられたのです」

「そこで、煙草入れを取り出したのですか」

「いえ、取り出していません。でも、逃げてきたあとで、冷静じゃなかったので、そこで落としたのかも……」

「そうですか。ともかく、今日はここから出ないように」

「わかりました」

清吉は頷いたが、じっとしていられないだろうと、栄次郎は心配した。

それから一刻（二時間）後、栄次郎は本郷の屋敷を出た。出掛けに、屋敷を出ないように清吉に念を押したが、少し心配だった。

湯島切通しを下り、池之端仲町に向かう。荷を運ぶ大八車が人込みを縫って走った。

『越後屋』はすぐにわかった。

栄次郎は店先に立ち、中を見回す。店の座敷に何人か客がいて、着物を見ていた。

土間に入ると、手代らしき男が近付いてきた。

「いらっしゃいませ」

「すみません。客ではないのです。ご主人にお会いしたいのですが」

栄次郎は申し入れる。

「どういった御用で？」

迷ったが、

「八十吉さんの件でとお伝え願えますか」

「八十吉さん、ですか」

「そう言えばおわかりになると思います」

「少々お待ちください」

手代は番頭らしい男のそばに行き、何事か囁く。番頭がちらっと顔をこっちに向けた。手代はそのまま奥に向かった。

すぐに戻って来たが、後ろから恰幅のよい男がついてきた。男は上がり框のところまで来て腰を下ろした。

「旦那さまです」

手代が知らせた。

栄次郎は近付いて、

「矢内栄次郎と申します」

と名乗ってから、用件を切り出した。

「八十吉さんをご存じでいらっしゃいますか」

「ええ」

「先日、殺されました。ご存じですか」

「えっ、殺された？」

越後屋は眉根を寄せた。

「そうですか、あの男は殺されたのですか」

「そのことでお話をお聞きしたいのですが。じつは私の知り合いが殺したと疑われているのです。それで、疑いを晴らしたいと調べているのです」

「そうですか。ここではそんな話は出来ません」

越後屋は厳しい顔になって、

「お上がりください」

と言い、立ち上がった。

「失礼します」

栄次郎は刀を腰から外して座敷に上がった。

越後屋のあとに従い、店のすぐ脇にある小部屋に入った。

差向いになるなり、越後屋が渋い表情で口を開く。

「妾のおさんのことをお訊ねなのですね」

「おさんさんと仰《おつしや》るのですか」

「そうです。湯島天神前にある料理屋の女中をしていた女でした。病気の母親がいて暮しも苦しかったんですよ。それで、私の世話になることを受け入れたのです。薬代も出してやるという条件でしたからね」

「それはいつのことですか」

「四年前です。橋場に家を借り、おさんと母親を住まわせたんです。それから二年ぐらいして、おさんの様子がおかしいことに気づいたのです。私がおさんのところに顔を出さないときに、男が家に入り込んでいたのです。問い詰めると、八十吉という岡っ引きの手下をしている男だと打ち明けました」

越後屋は顔をしかめたまま続ける。

1 0 1 - 8 4 0 5

書籍のご注文は84円
アンケートのみは63円
切手を貼ってください

東京都千代田区神田三崎町2-18-11

二見書房・時代小説係 行

ご住所 〒	
TEL - -	Eメール
フリガナ	
お名前	(年令

※誤送を防止するためアパート・マンション名は詳しくご記入ください。

20.0

愛読者アンケート

1 お買い上げタイトル
（　　　　　　　　　　　　　　　　　　　　）

2 お買い求めの動機は？（複数回答可）
□ この著者のファンだった　□ 内容が面白そうだった
□ タイトルがよかった　□ 装丁（イラスト）がよかった
□ 広告を見た　（新聞、雑誌名：　　　　　　　　）
□ 紹介記事を見た（新聞、雑誌名：　　　　　　　　）
□ 書店の店頭で　（書店名：　　　　　　　　）

3 ご職業
□ 会社員 □ 公務員 □ 学生 □ 主婦
□ 自由業 □ フリーター □ 無職 □ ご隠居
□ その他（　　　　　　　　）

4 この本に対する評価は？
内容：□ 満足 □ やや満足 □ 普通 □ やや不満 □ 不満
定価：□ 満足 □ やや満足 □ 普通 □ やや不満 □ 不満
装丁：□ 満足 □ やや満足 □ 普通 □ やや不満 □ 不満

5 どんなジャンルの小説が読みたいですか？（複数回答可）
□ 江戸市井もの □ 同心もの □ 剣豪もの □ 人情もの
□ 捕物 □ 股旅もの □ 幕末もの □ 伝奇もの
□ その他（　　　　　　）

6 好きな作家は？（複数回答・他社作家回答可）
（　　　　　　　　　　　　　　　　　　　　）

7 時代小説文庫、本書の著者、当社に対するご意見、
ご感想、メッセージなどをお書きください。

ご協力ありがとうございました

「私は八十吉に会い、別れるように頼み、十両を渡しました。ところが半年経ったとき、私がたまたま予定外に妾宅に行ったら八十吉が来ていたんです。私はそのとき、八十吉よりおさんに怒りを覚えました。おさんを妾宅から追い出しました。その頃は母親は亡くなっていなかったのでおさんだけでしたから」

「八十吉には怒りはなかったのですか」

「ないと言えば嘘になります。嘘をついたわけですからね。でも、そんな八十吉の誘惑を拒まなかったおさんのほうが許せませんでした」

「八十吉に制裁をくわえたいとは思わなかったのですか」

栄次郎は越後屋の顔色を見つめる。

「そこまでは考えませんでした」

「で、おさんさんは素直に別れたのですか」

「泣いて謝っていましたが、半年前にも泣いて八十吉ともう二度と会わないと誓ったんです。ですから、もう信じられませんでした。可哀そうだと思いましたが、思い切って突き放しました」

「では、その時点で関係は断たれたわけですね」

「そうです」

「その後、おさんさんと八十吉の関係は続いたようですね」

「そうです。でも、おさんはすぐ捨てられたそうです。八十吉は私の妾だから近付いていたんです。金がそこそこ自由になるうちは甘い言葉を囁いていたが、金がなくなればおさんは邪魔でしかなかったんでしょう。捨てられたんですよ」

越後屋は口許を歪めた。

「八十吉と別れたあと、おさんさんはどうなったのです？」

「また料理屋で働きだしたと聞いたことがありますが」

「どこの料理屋かわかりますか」

「以前に働いていたところだと思います。湯島天神前にある『紅川《べにかわ》』という料理屋です」

「あなたは八十吉が殺されたことをどう思いますか」

「いろいろ恨まれていたでしょうから、意外な気はしません」

淡々と話す越後屋は八十吉殺しに関わっていないと思った。

「他に、八十吉を恨んでいるような人物に心当たりはありませんか」

「さあ、私は八十吉のことはあまりよく知らないのです」

微《かす》かに、越後屋の目が泳いだような気がした。

栄次郎は思いつくことがあって、

「越後屋さん。八十吉がどんな男なのか、調べたんじゃありませんか」

と、決めつけるようにきいた。

「…………」

「いかがですか」

栄次郎は迫った。

「調べさせました」

「どのようなことがわかったのですか」

「岡っ引きの勘助親分の手下になって、お上の御用を笠に着て八十吉自身もいろいろな商家から小遣いをもらっているような男だとわかりました」

「八十吉にひどい仕打ちを受けたという人物のことは耳にしませんでしたか」

「いえ。ただ」

越後屋はほんとうかどうかはわからないがと前置きして、

「八十吉が勘助親分の手下になったのは敵が多いからだと言っていたそうです。岡っ引きの手下を簡単に襲えないはずだからだと」

「なるほど。岡っ引きの手下に仕返しをしたら、親分が黙っていないでしょうからね」

今も勘助親分は躍起になって清吉を探しているのだ。そう考えると、恨みがあっても八十吉を殺《や》ることに躊躇してしまいそうだ。それでも、八十吉を殺さねばならなかった者がいるのだ。

八十吉に恨みを持つ者がたくさんいることは知っていても、殺したいほどの憎しみかどうかはわからないと越後屋は言った。

その他、いくつかきいたが、特に手掛かりになりそうなものはなかった。

「これから、『紅川』に行き、おさんさんのことをきいてみたいのですが、越後屋さんから聞いたと話してもいいでしょうか」

「構いません。おさんとのことをあの女将《おかみ》は知っていますから」

「助かります」

栄次郎は突然の訪問を詫びて、『越後屋』を辞去した。

池之端仲町から湯島天神門前町の『紅川』という料理屋にまわった。

『紅川』は黒板塀に囲われた大きな料理屋だった。昼まで間《ま》があり、まだ料理屋ははじまっていなかった。

門を入り、雑巾《ぞうきん》をもって戸を拭いている女中らしい女に声をかけた。

「すみません。女将さんにお会いしたいのですが」

「どちらさまでしょうか」

「矢内栄次郎と申します。池之端仲町の『越後屋』の旦那から聞いて伺いました」

「『越後屋』の旦那から」

女中は中に入った。

栄次郎は庭を見回す。植込みも手入れが行き届き、敷石もきれいに掃除がされていた。

やがて、女中が戻ってきて、

「どうぞ」

と、中に引き入れた。

土間に入ると、板敷きの間《ま》に小肥りの女が待っていた。ふくよかな顔で、落ち着いた佇まいだ。

「女将です」

「矢内栄次郎と申します。じつは、おさんさんのことをお訊ねしたくて」

「おさんのこと？」

女将は眉根を寄せた。

「越後屋さんと別れたあと、またここで働きだしたそうですね」

栄次郎はきいた。

「ええ。越後屋さんに追い出されて半年ぐらいしてうちに来たわ。でも、一年ぐらいでやめていったんですよ」

「やめた？　いつですか」

「今年の春、半年ほど前ね」

「なぜ、やめたんですか」

「男よ」

「また、妾に？」

「そうじゃないわ。だって、それほどお金を持っていそうな男じゃなかったもの。ひとりでふらりとやって来たんですよ。博打《ばくち》で大勝ちしたって言っていたわ。いかにも、遊び人ふうの男」

「なんという名ですか」

「房吉《ふさきち》よ」

「おさんさんがついたのですね」

「そうよ。おさんが気に入ったらしく、その後三度ぐらい来たかしら」

「三度？　それだけでおさんさんはその男に？」

「ええ、やめると言うので問い詰めたら、房吉さんといっしょに暮らすからって」

「おさんさんの様子はどうでしたか、うれしそうでしたか」

「そうね。でも、浮かれた感じはなかったわ」

「で、今どこに住んでいるか、ご存じではありませんか」

「いえ、それきりわからないの。深川のほうに住むとか言っていたけど」

「ここで働いているときはどこに住んでいたのですか」

「住み込みよ」

「そうですか。房吉という男のことで何かわかりませんか、どこに住んでいたとか、どんな仕事をしていたとか」

「なにしろ三度しか来ていないし」

女将は首を傾げてから、

「おさんがどうかしたのですか」

と、不審そうにきいた。

「おさんさんが越後屋さんと別れたわけをご存じですか」

「おさんが他に男をこしらえたのね」

「ええ、八十吉という男です。ここの客ではなかったのですか」

「いえ、違います。その八十吉さんがどうかしたのですか」

「先日、亡くなりましてね。いちおう、縁があったので、おさんさんに知らせてやろうと思ったのです」

「そうですか。でも、おさんは今は房吉という男といっしょにいるんでしょうから」

「おさんさんと仲がよかった女中さんはいらっしゃいませんか。いたら、ちょっときいてみたいのですが」

「おきぬと仲がよかったわ」

「おきぬさん、今、いらっしゃいますか」

「おきぬも三か月前にやめたの」

「やめたのですか」

栄次郎が落胆すると、

「でも、住まいはわかるわ。妻恋町《つまこいちょう》の清右衛門店《せいえもんだな》よ。大工の和助《わすけ》さんといっしょになったのよ」

「和助さんもお客さんだったのですか」

「そうなの。でも、和助さんは今も来てくれますからね」

「助かりました」

礼を言い、栄次郎は『紅川』をあとにした。

それから、栄次郎は妻恋町まで行った。

清右衛門店の長屋木戸を入り、路地にいた赤子を背負った女におきぬの住まいを聞いたが、留守だった。

出直すことにして、栄次郎は木戸を出た。

二

栄次郎は明神下《みょうじんした》にある長屋に新八《しんぱち》を訪ねた。

この時刻にいるかどうかわからないが、新八の家の腰高障子を開けた。すると、新八が部屋の中にいた。

「新八さん、いらっしゃいましたか」

「ちょうどよかった。朝早く出かけて、今帰ってきたところなんです」

新八が白い歯を見せて言う。

「朝早くとは、兄の仕事で？」

「いえ。そうじゃないんです」

新八の表情が明るいように思えた。

「新八さん、何かよいことがあったようですね」

「えっ」

新八はあわてたように、

「いえ、そんなんじゃないんです」

「そんなんじゃないって、私は何も言っていませんよ」

「あっ」

新八は頭をかいた。

新八は大名屋敷や大身の旗本屋敷、そして豪商の屋敷などに忍び込むひとり働きの盗人だった。忍び込んだ屋敷の武士に追われた新八を助けたことが縁で、栄次郎と親しくなったのである。

ある事情から盗人をやめ、今は御徒目付《おかちめつけ》である兄の手先として働いている。

「それより、栄次郎さん。何か御用で？」

「いえ、じつは妻恋町にひとを訪ねたのですが留守だったので、新八さんのところで暇を潰そうと思いましてね」

　腰から刀を外し、栄次郎は上がり框に腰を下ろした。

「そうですか、じゃあ、お茶でもいれましょうか」

「いえ。気にしないでください」

「妻恋町にどなたがいるのですか」

「『紅川』という料理屋にいたおさんというひとを探しているんです。おさんさんの朋輩《ほうばい》が妻恋町にいるというので何か手掛かりでもつかめればと思いましてね」

「栄次郎さん、水臭いですぜ。あっしに言ってくださいな。お手伝いさせてもらいます」

　新八は真顔で言う。

「そうしてもらえば助かります。じつは」

　と、栄次郎はこれまでの経緯を語った。

　新八は目を見開きながら聞いていた。

「『越後屋』の主人と別れることになったのに、おさんは八十吉に捨てられた。再び働きだした『紅川』で出会った房吉といっしょになった。房吉は遊び人ふうの男だという。おさんに何か思うことがあってのことではないかと」

「おさんは八十吉を恨んでいたはずですね、だから、房吉を使って八十吉に復讐をしたのではないかと」

新八が厳しい顔をして言う。

「そういうことも考えられるというだけで、確たる証《あかし》があるわけではありません」

「わかりました。あっしが探しましょう、房吉とおさんを」

「助かります」

それから四半刻（三十分）ほどして、栄次郎と新八は妻恋町に向かった。

妻恋町の清右衛門店の長屋木戸を入ると、さっきの赤子を背負っていた女が大柄な女と立ち話をしていた。今は赤子はいない。寝かしつけて、家の中にいるのだろう。

ふたりはこっちに気づいて、顔を向けた。

「このお侍さんよ」

さっきの女が大柄な女に言う。

大柄な女は訝《いぶか》しそうな目をしていた。この女がおきぬのようだった。

「おきぬさんですか」

栄次郎は声をかける。

「ええ、きぬです」

料理屋で働いていたせいか、身だしなみも小粋だ。長屋に似合わない様子だ。

「私は矢内栄次郎といいます。こちらは新八さん。じつは、おさんさんを探しているのですが、居所がわかれば教えていただけたらと」

「おさんさん？」

栄次郎は赤子を背負っていた女を気にして深い内容は言わないで口にした。

おきぬは何かを言いたそうだったが、

「さあ、知りません」

と、あっさりと答えた。明らかに脇にいる女に気をつかっているようだった。

栄次郎はそう察して、

「わかりました。それだけなのです」

と言い、新八に顔を向け、

「新八さん。せっかくですから神田明神にお参りをしてから帰りましょうか。じゃあ、失礼します」

栄次郎はわざと言い、木戸に向かった。

妻恋坂を下りながら、

「何か知っていたようですね」

と、新八がきいた。

「ええ。他人に聞かれたくなかったのでしょう。神田明神に来てくれるといいのですが」

「来なければ、またあとであっしが長屋を訪ねてみます」

ふたりは妻恋坂の途中から神田明神の境内に入った。

拝殿に手を合わせたあと、しばらく植込みの近くで待った。参詣人は多く、裏からもひとがやって来る。

「来ませんね」

新八が落胆した。

「仕方ありません。新八さん、あとでお願い出来ますか」

「わかりました」

新八が答えたとき、裏門から大柄な女がやって来るのが見えた。おきぬだ。

「来ました」

新八が声を上げた。

栄次郎と新八は近付いていく。おきぬも気づいて駆け寄ってきた。

「さきほどは失礼しました」

おきぬが頭を下げた。

「いえ。でも、よくここに来ていただけました。向こうへ」

栄次郎は人気《ひとけ》のない場所に移動した。

「おさんさんの居場所をご存じなのですか」

栄次郎は改めてきいた。

「それがわからないのです」

「わからない？」

「ええ。『紅川』をやめるとき、深川の冬木町《ふゆきちょう》で暮らすと言っていたんです。房吉さんといっしょに。それから、しばらくして私も大工の和助と所帯を持つことになって、そのことを知らせるために冬木町に訪ねたのです。でも、いませんでした。念のために、他の長屋を探してみましたが、誰もおさんさんも房吉さんのことも知らないのです」

「嘘だったのですね」

「はい。それから、まったくおさんさんの消息はつかめないのです」

「八十吉という男をご存じですか」

「知っています。おさんさんを弄《もてあそ》んだ男です。越後屋さんの世話を受けているだけの暮しがもの足りなくなったんでしょうね。そこを八十吉につけ込まれたんです」

「おさんさんは八十吉を恨んでいましたか」

「ええ。それはもう」

「房吉はどんな男なのですか」

「遊び人ですよ。口では大きなことを言っていても、実際は口ほどではないと思いました。でも、おさんさんはそんな男に気を許して」

「房吉がどこで何をしていたかはわかりませんか」

「いえ。ただ、富ヶ岡八幡宮《とみがおかはちまんぐう》の話をしていましたから、あの辺りの地回りかもしれないと思いました。だから、心配していたんです」

「おさんさんはどうしたと思いますか」

「わかりません。房吉に騙《だま》されたんじゃないかって心配なんです」

「騙されたというと?」

「…………」

おきぬは言いよどんでいた。

「どんなことでも仰っていただけませんか。探す手掛かりになるかもしれません」

「はい。じつはおさんさんは……」

おきぬは間は置いて、思い切って口を開いた。

「岡場所に売り飛ばされたんじゃないかって」

「岡場所ですって」

そういう見方もあるのかと、栄次郎は衝撃を受けた。

「もし、ふつうに暮らしていれば、私にも知らせてくれるはずです。それがないのは、死んでいるか、岡場所……」

おきぬは表情を曇らせた。

「房吉は女を岡場所に売り飛ばすような男なんですか」

「お金のためならなんでもする男だと、おさんさんは言ってました」

なぜ、おさんはそういう男についていったのだろうか。

「あなたとおさんさんは仲がよかったんですね」

「ええ、なんでも話し合える仲でした。越後屋さんの世話を受けているときも、何度か橋場の妾宅に遊びに行きました」

「そうでしたか」

栄次郎は首を横に振り、

「そんなあなたに何の知らせもないことは不自然ですね」

と、暗い気持ちになった。

「お願いです。おさんさんを探してください」

おきぬが真剣な眼差しで訴えた。

「わかりました。必ず、探し出します」

栄次郎は自分自身にも言い聞かせるように言った。

おきぬは一足先に引き上げた。

「房吉とおさんさんのふたりの行方がわからないというのは奇妙ですね」

栄次郎は胸が痛んだ。悪い想像しか働かない。

「これから深川に行ってみます。まず、房吉を探してみます」

新八が意気込んで言う。

「お願いします。私はこれから『江戸屋』に寄ってみます」

それから半刻(一時間)後、栄次郎は東仲町にある『江戸屋』の欽之助と会っていた。

ふとんの上に体を起こして羽織を肩からかけた白髪の目立つ男は暗い表情をしてい

た。きょうも、傍《かたわ》らにお糸がいた。

「矢内さん。きょうはなんですね。清吉を許せという話なら聞く耳を持ちませんぜ」

欽之助がいきなり口にした。

「あなたは手下に清吉さんを殺させようとしたわけでなく、捕まえてここに連れ込んで、ご自分の手で殺すつもりだったのですね」

「そうだ。この手でやらない限り、意味はない」

欽之助は怒りに満ちた目をした。

「そして、清吉さんを事故死に偽装するつもりだった。その手助けをしてくれるのが勘助親分と手下の八十吉ですね」

栄次郎は突き付けるように言い、

「そうなると、困った事態になりましたね」

「…………」

「八十吉を殺したのは清吉さんと決めつけ、勘助親分は清吉さんを追っています。勘助親分にしたら、清吉さんが事故死したように偽装するどころではなくなったわけです。なんとしてでも、清吉さんを捕まえなければならない。自分の手下を殺した下手人ですからね」

欽之助は渋い顔をした。

「いかがですか。八十吉はいなくなり、勘助親分は清吉さんを面子《メンツ》にかけても捕まえなければならない。もはや、事故に偽装して清吉さんを殺すことは無理ではありませんか」

「…………」

「勘助親分とはどのような話し合いをなさったのでしょうか」

「清吉のやろう。こういうことを計算して八十吉を殺りやがったんだ。なんて、悪知恵の働く野郎だ」

「江戸屋さん。八十吉を殺したのは清吉さんじゃありません」

栄次郎は口をはさむ。

「清吉しかいねえ」

「調べてみると、八十吉を恨んでいる者に行き当たりました。今、そのことを調べています。必ず、真の下手人を……」

「残念だな。下手人は清吉に間違いねえ。証があるのだ」

欽之助は語気を強め、

「殺しの現場に、根付が落ちていたんだ。清吉のものだ。うちの連中が作造の住まいに踏み込んだとき、清吉には逃げられたが、部屋に煙草入れが置いてあった。その煙草入れの根付がなくなっていた」

「それは、たまたまどこかで休んだとき、清吉さんが落としたのです」

「そんな言い訳は通用しまいよ」

欽之助は口許に冷笑を浮かべた。

確かにこのことは清吉に不利だ。やはり、真の下手人を見つけない限り、清吉の疑いを晴らすことは難しいと思わざるを得なかった。

三

『江戸屋』を出た栄次郎は浅草黒船町のお秋の家に行った。

お秋が出て来て、

「清吉さん、どうでしたか」

と、きいた。

「心配いりません」

「そう、よかった」

栄次郎は二階の部屋に行った。

三味線を弾いて少し心を落ち着かせようとしたとき、お秋が梯子段を駆け上がって来て、襖を開けた。

「栄次郎さん、同心の旦那がお見えよ」

「同心？」

栄次郎はため息をついて立ち上がった。

階下に行くと、土間に定町廻り同心の木戸松次郎《きどまつじろう》と岡っ引きの勘助が待っていた。

「矢内どのか。少々、お訊ねしたい儀があります。よろしいですか」

松次郎が細面の顎の長い顔を向けた。

「なんでしょうか」

「清吉という男をご存じですね」

「ええ」

「どのようなご関係か」

「ただの知り合いです」

「清吉が、ひと殺しの疑いで手配されていることをご存じか」

「知っています。しかし、清吉さんは下手人ではありません」

「証があります」

「根付のことですか」

「それが一番大きい。だが、殺された八十吉は清吉を追っていたんです。そういうときに殺されたのですから、清吉の関与は間違いないでしょう」

「他に八十吉を恨んでいる者がいなかったか、調べてみたのですか」

「矢内さま。八十吉はあっしの手下を何年もやっているんです」

勘助が口を入れた。

「八十吉を恨んでいる者がいたら、あっしもわかります」

「いないと？」

「いません」

「親分はおさんという女をご存じですか」

「おさん？」

勘助は眉根を寄せた。

「ご存じのようですね」

「それがどうしたんですね」

勘助は警戒ぎみにきく。

「おさんはある商家の旦那の妾でした。八十吉は旦那の目を盗んでおさんと親しくなり……」

「矢内どの、そのような話は今は関係ない」

松次郎が制した。

「いえ、八十吉に恨みを持つ者がいるのも事実なのです。そういったことを調べた上で、清吉さんを下手人と考えたようには思えません。端《はな》から、清吉さんの仕業だと思い込んでいるのではありませんか」

「清吉が無実なら、なぜ逃げるのだ。逃げているのがなによりの証だ」

「木戸さま」

栄次郎は口をはさんだ。

「清吉さんには逃げなければならない事情があるのです。そのことは勘助親分がよく承知のはず。『江戸屋』との関係です」

「な、なんだと」

勘助が狼狽した。

「勘助、どういうことだ？」

「いい加減なことを言っているんですぜ。ともかく、あっしは清吉の行方を追っているんだ。心当たりすべて当たっている。あとは矢内さまのお屋敷だけなんですよ」

「私の屋敷？」

栄次郎は平然を装い、

「清吉さんが私の屋敷に隠れていると言うんですか」

と、きいた。

「そうだとは言ってねえ。ただ、そういうことも考えられるので、屋敷を調べさせてもらいたいんですよ」

勘助が言う。

「困ります。屋敷には私の母や兄もいます。中間《ちゅうげん》部屋にいなかったら次は私の部屋、そして兄の部屋、さらには母の部屋にとどんどん疑いが広がっていくでしょう」

「いや、そこまでは」

松次郎が否定する。

「でも、本気で調べるのならそこまでしないと意味がないのではありませんか」

「うむ」

「そこまでして清吉さんが見つからなかったら、どうなさるおつもりですか。すまなかったの一言では済まされません」

栄次郎は言い切ったあとで、

「でも、お役目ですからやらざるを得ないでしょう。では、こうしていただけませんか、崎田さまのお許しを得ていただけませんか。崎田さまの許しを得ていれば、当主の兄もやむを得ないと納得するはずです」

「よし。今から許しを得てくる」

松次郎は毅然と言った。

「あら、兄さんなら今夜はここに来ますよ」

お秋がさりげなく言う。

「兄さん?」

「木戸さまはご存じありませんでしたか。お秋さんは崎田孫兵衛さまの腹違いの妹さんです」

栄次郎が言うと、松次郎はあっと声を上げた。

「そう言えば……」

「旦那、そうでした。ここは崎田さまの……」

勘助も思い出したようだ。

「いや、矢内どのの言葉を信じよう。しかし、もし、清吉を見つけたら知らせてもらいたい。失礼いたす」

松次郎と勘助は急に引き上げて行った。

「旦那の名を出したら急に意気地がなくなったわ」

お秋が苦笑した。

だが、栄次郎は木戸松次郎という同心がそんな小心者とは思えなかった。おそらく、本郷の屋敷の前に見張りをつけるのではないか。いや、すでに見張りをつけているのかもしれない。

最初から屋敷内を調べるつもりはなかったのではないか。屋敷の門を見張るつもりでいたのだ。あとで見張っていたことが明らかになって抗議を受けた場合にそなえて手を打っていたのだ。屋敷内の探索を断られたので門を見張るしかなかったという言い訳が立つと考えたのであろう。

本郷の屋敷も、清吉にとって安全な場所ではなくなった。不用意に屋敷を出れば、たちまち見張りの網に引っ掛かってしまう。

夕方になって、新八がやって来た。

「ごくろうさまでした」

栄次郎は労をねぎらった。

「へえ」

新八はさっそく切り出した。

「深川の地回りの連中にきいたら、房吉のことを知ってました。ところが、三か月ほど前から姿を消しているそうです」

「姿を消した？」

「ええ。それまで冬木町の長屋に住んでいたそうです。半年前から女を連れ込んでいたので、その女とどこか別の土地に移ったのだろうということでした。ただ、黙って出て行ったのが引っ掛かるっていう話でした」

半年前におさんは『紅川』をやめて、房吉といっしょに冬木町にやって来た。ところが、三か月前にふたりは突然、長屋から姿を消したのだ。

三か月間は八十吉を狙うための準備期間ではなかったのか。つまり、ふたりは八十吉が住む聖天町の近くに居を求めたのではないだろうか。

八十吉を狙うなら、深川にいたのでは遠すぎる。ただ、黙って長屋を出て行ったというのがやはりひっかかる。

「冬木町の長屋には？」

「ええ、行ってみました。住人に聞いたら、やはり三か月前まで女といっしょに住んでいたということです。女の名はおさんです」

「やはり、そうでしたか」

栄次郎は徐々におさんと房吉が姿を現してきたという感触を得た。

「長屋の部屋の荷物はどうだったのですか」

「そのままだったそうです」

「長屋の大家はどう始末したのでしょうか」

「いちおう、土地の岡っ引きにはそのことを話したそうです。ですが、それきりだったので荷物は勝手に処分したそうです」

「帰ってくることは考えられなかったんでしょうか」

栄次郎は大家の処分の仕方が気になった。

もし、栄次郎の考えどおりだとしたら、八十吉を殺したのだから、冬木町に戻ってくることも考えられるのだ。

「そうですね。明日、もう一度きいてきます」

「ただ、今はまだ浅草周辺に住んでいる公算が大きいですね。探し出す手掛かりがあるといいのですが」

栄次郎はふと思いついた。

「房吉は八十吉を付け狙っていたはずです。誰かに、その姿は見られているはずです」

最近、清吉が帰ってきてから八十吉は『江戸屋』の者といっしょに動きまわることが多かった。

『江戸屋』の誰かが八十吉をつけている男を見ていたかもしれない。そのことを新八に伝え、

「これから『江戸屋』に行ってきます。今夜、崎田さまがやって来るのでお会いしてから屋敷に帰ると夜遅くなります。お願いがあるのですが」

栄次郎は同心の木戸松次郎と勘助親分のことを話し、

「屋敷に行って、清吉さんに会い、見張りがいるかもしれないと伝えてくれませんか」

と、頼んだ。

「わかりました。さっそく」

新八は腰を上げた。

新八が先に引き上げたあと、また戻ってくるとお秋に言い、栄次郎は外に出た。

東仲町の『江戸屋』にやって来た。土間に入ると、清吉を追っていた連中が手持ち無沙汰のようにたむろしていた。

兄貴分の男に、栄次郎は声をかけた。

「みなさん、どうかしたのですか」

「勘助親分から動くなと命じられたんですよ」

兄貴分の男は不満を口にした。

「清吉さんを探すなということですか」

「そうだ。もはや、奉行所の問題だからと」

「そうですか。で、それに従っているんですね」

「仕方ねえ」

「旦那はなんて？」

「旦那も怒っていましたが、半分諦めているみたいです」

「じつはちょっとお伺いしたいのですが」

栄次郎は兄貴分の男の顔色を窺《うかが》う。

「なんですね」

まっとうに話を聞いてくれそうだったので、栄次郎は切り出した。

「八十吉が殺された日、いえそれ以前からですが、八十吉のあとをつけている不審な男に気づきませんでしたか」

「八十吉のあとをつける？」

「ええ。他の方も気づきませんでしたか」

「なぜ、そんなことをきくんですね」

「八十吉を殺したのは清吉さんじゃありません」

「それはお侍さん、おまえさんだけがそう思っているんじゃないですかえ。奉行所だって、清吉の仕業と決めつけていますぜ」

「思い込みです」

「じゃあ、誰だと言うんですか」

「じつは八十吉に裏切られて捨てられた女が、復讐の手を借りるために近付いた男がいるのです。女はその男に殺しを頼んだのではないかと、私は思っているのです」

「証はあるんですかえ」

「いえ、ありません。状況からそうではないかと想像しているだけです」

「想像ならなんとでも言えますぜ」

「ええ、確かに」

栄次郎は認めてから、

「ただ、このふたりは三か月前から行方を晦《くら》ましているんです。おそらく、この浅草界隈に住んで、八十吉を襲う機会を狙っていて、ついに先日その機会をとらえたのではないかと考えたのです」

栄次郎は息継ぎをして続けた。

「勘助親分がこの男女のことを調べ、他にも八十吉を恨んでいる者たちがいることを調べ上げた上で、清吉さんを下手人だと言うならまだ信用出来ますが、今はただ思い込みだけで決めつけているのです」

「仰ることはわかりました。ですが、八十吉をつけているような不審な男、あるいは女なんて気がつきませんでしたぜ。おまえたち、どうだ？」

兄貴分は他の者にも声をかけた。

「いえ、怪しい奴はいませんでしたぜ」

他の者も異口同音に言う。

「お侍さん、八十吉もつけられているなんて気にもしていませんでしたぜ」

嘘をついているようには思えなかった。

「そうですか。わかりました。もし、何か思い出したことがあったら、教えてください。お邪魔しました」

栄次郎は引き上げた。


その夜、栄次郎はお秋の家にやって来た崎田孫兵衛と会った。世間には腹違いの妹と言っているが、お秋は孫兵衛の妾だ。長火鉢の前でくつろいでいる孫兵衛に筆頭与力の威厳はどこにもない。

「栄次郎どの、わしに話があるそうだな」

お秋が話していたようだ。

「はい」

栄次郎が返事をしてから、

「先日、定町廻り同心の木戸松次郎どのが手札を与えている勘助親分の手下で八十吉という男が三味線堀で殺されました。崎田さまはご存じですか」

「うむ、殺しがあったことの報告は受けている。下手人はわかっているそうではないか」

煙管を口から放して言う。

「清吉という男を下手人と決めつけていますが、真の下手人は別にいます」

栄次郎は言ってからすぐに、

「でも、それを証《あか》すことは出来ません」

「わしになにをしろと言うのだ？」

「いえ、ただ私が今言ったことを覚えておいていただければ結構です」

「なに、覚えておく？」

「はい」

「なぜだ？」

「この先、何かあったとき、私の言葉を思い出していただければ」

この界隈で起きたことを孫兵衛に一言も話していないことが礼儀に欠けるという思いと同時に、木戸松次郎が孫兵衛に本郷の屋敷を探索する許しを得たいと言いだしたときに栄次郎の言葉を思い出せば不用意な返事をしないだろうという期待からだ。

「よくわからん」

「すみません。ただ、それだけのお願いをしたかっただけなのです」

「なんだかよくわからんが、こみいった話は今は聞きたくない。わかった、覚えておく」

「ありがとうございます」

栄次郎は頭を下げた。

「では、私はこれで」

「なに、もう酒の支度が出来るのではないか。いっしょに呑むのではないのか」

孫兵衛はがっかりしたように言う。

「申し訳ありません。今夜は早く帰らないとならないのです」

「そうか。仕方ない。次はつきあってもらう、よいな」

「はい」

栄次郎は孫兵衛の前を下がった。

お秋に挨拶をして、栄次郎は外に出た。

栄次郎は本郷の屋敷に近付いたとき、斜向《はす》かいにある屋敷の脇の暗がりにひと影を見つけた。奉行所の小者のようだ。やはり、見張りをつけていた。

栄次郎は屋敷に入り、中間部屋に行くと、新八と清吉が待っていた。

「矢内さま。新八さんからいろいろお聞きしました」

清吉が口を開いた。

「あっしがここにいると、矢内さまに御迷惑がかかるんじゃありませんか」

「だいじょうぶですよ。そんな心配はいりません」

「でも……」

「それより、真の下手人の手掛かりがつかめそうです」

「房吉という男だそうですね」

「ええ」

「『江戸屋』のほうはいかがでしたか」

　新八がきいた。

「それが、誰も八十吉につきまとっているような不審な男を見ていないのです」

「そうですか。房吉はそれほど巧みに八十吉に近付いていたのでしょうか」

　新八は首を傾げる。

「ただ、それほどの男だとしたら、なぜ八十吉を殺《や》るまで三か月もかかったのでしょうか。それに殺し方も少し雑な気がします。計画をしていたなら、もっとうまく殺しているのではないかと思うのですが」

　栄次郎は微かに疑問が芽生えた。

「まさか房吉は八十吉殺しに関係ないと？」

　新八は驚いたように言う。

「いえ、そんなはずはないと思います。おさんは房吉を利用しているようです。それは八十吉に恨みを晴らすためです。別の事情から房吉に近付いたとは思えません。ただ」

栄次郎ははっとした。

「もしや……」

「なんですね」

「三か月も房吉とおさんの行方がわからないというのは……」

栄次郎は自分の想像に愕然とした。

四

翌朝、栄次郎は田原町にある勘助の家を訪ねた。

格子戸を開けて土間に入ると、勘助のかみさんらしい女が出て来た。

「矢内栄次郎と申します。勘助親分にお会いしたいのですが」

「少々、お待ちを」

かみさんが奥に引っ込む。

代わって、勘助が顔を出した。

「矢内さま。なんですね、こんな朝っぱらから」

迷惑そうに言う。

「申し訳ありません。どうしても至急にお訊ねしたいことがありまして」

「なんでしょう?」

「この三か月以内に、この界隈で、身許《みもと》のわからないホトケはありませんでしたか」

「………」

勘助は不思議そうな顔をした。

「いかがでしょうか」

「矢内さま。ここじゃ話が出来ねえ。上がってくださいな」

勘助が促す。

「よろしいですか」

栄次郎は部屋に上がり、居間に通された。

長火鉢の向こうに勘助が腰を下ろした。神棚があり、部屋の隅の天井近くに、穴八幡《あなはちまん》の一陽来復《いちようらいふく》の御札が貼ってある。

栄次郎は長火鉢をはさんで勘助と向かい合った。

「どうなんでしょうか。身許のわからないホトケはありませんでしたか」

栄次郎はもう一度きいた。

「ありましたぜ」

「あったんですね。三十歳ぐらいの男じゃありませんか」

「そうだ」

「死因は？」

「刃物で刺されたようだ。骨にその形跡があった」

「骨？　ホトケは白骨に？」

「そうだ。死後二か月ほど。夏場だったので腐敗が早かった。顔も判別は難しかった。身許を示すものもなかった。見つかったのは先月だ」

「どこで見つかったのですか」

「橋場の寺の使っていない物置小屋だ。誰も近付く者もいないから、二か月も見つからなかったのだ」

「その探索は親分と八十吉さんが？」

「そうだ。八十吉はホトケの身許を探ろうとしたが、とうとうわからなかった」

そこまで言ってから、勘助は不審そうに、

「矢内さま。もしや、そのホトケに心当たりが？」

「勘でしかないのですが、深川の冬木町に住んでいた房吉ではないかと思うのです」

「房吉……」

勘助は呟き、

「どうして、そう思うのですね」

「房吉は半年前から冬木町の長屋で、おさんという女と暮らしていました。ところが三か月前にふたりとも長屋から姿を消しているのです」

勘助の顔つきが鋭くなった。

「誰にも行き先を告げず、ふたりとも黙っていなくなってしまったのです。世帯道具もそのままだったそうです」

「……………」

「親分。房吉がいっしょに暮らしていたおさんは池之端仲町にある『紅川』という料理屋で女中をしていたのです。房吉はそこに三度しか通っていないのにおさんと所帯を持っているのです」

栄次郎は八十吉の名を出す頃合いを見計らいながら続けた。

「房吉は盛り場をうろつき、博打で食べているような男です。そんな男におさんはあっさりすべてを任せているのです。おさんは房吉にある条件を突き付けたのだと思います。それで所帯を持った」

「条件とはなんですね」

「ある男を殺すことです」

「………」

勘助の眉尻が微かに動いた。

「おさんはその男に裏切られたのです。金がなくなると、ぼろ屑《くず》のように捨てられた。その恨みを房吉を使って晴らそうとしたのです」

「房吉は逆に殺されたというのか」

「そうです」

「誰だ、相手は？」

勘助の頰が震えた。予想がついたようだ。

「八十吉です」

「ばかな」

勘助は一笑に付した。

「八十吉はまがりなりにもおかみの御用を……」

「おさんは『越後屋』の旦那の世話を受けていました。そのおさんに近付いて、八十吉は金をむしりとっていたのです。『越後屋』の旦那はおさんと手を切るようにと八十吉に十両を渡したそうですが、八十吉は約束を守らなかった」

「嘘だ。八十吉はそんないい加減な男ではない」

勘助は目を剝《む》いて言う。

「奴の暮らしぶりだってそんな派手なものではなかった」

「でも、金には執着していたようです。金をむしりとれなくなったら、おさんと手を切っているんですから」

「奴は金にはきれいだった」

「本気でそう思っているのですか」

「………」

「八十吉を知る者はあまりよく言いません。死んだ者には、あまり悪口を言わないものですが、こと八十吉にはあまりいい話は聞けませんでした。親分の手下になったのも、自分なりの計算があってのことではないのですか」

「八十吉はずいぶん御用のお役に立っていた。だから、あまり奴のことを見向きしないようにしていた。だが、奴が……」

「親分。房吉のことを調べてくれませんか。そして、そのホトケが房吉かどうか確かめていただけませんか」

「よし、わかった」

勘助は憤然と言う。

「それから、おさんの行方も知れないのです。もしかしたら、どこかで……」

「身許のわからない女のホトケは見つかっていない。だが、念のために、男のホトケが見つかった周辺を調べてみよう。埋められてないか」

「お願いいたします」

「もし、身許不明の死体が房吉だったら、八十吉殺しはどうなるのだ？　やはり、清吉ってことになるのではないか」

「いえ。八十吉を殺したいほど憎んだいる者が他にもいると考えられるんじゃありませんか。親分」

栄次郎は身を乗り出し、

「八十吉に女はいなかったのですか」

と、きいた。

「………」

「いたのですね」

「うむ」

「誰ですか」

「…………」

「親分、教えてください」

「阿部川町で『おさと』という呑み屋をやっているお里《さと》という女だ」

「呑み屋の女ですか」

「その女とは五年になる。八十吉はその女に夢中だった。だから、他の女に目が行くはずはないのだ」

「金目当てですよ」

「…………」

「そのお里という女から、八十吉殺しで何か聞いていませんか」

「いや。お里には清吉という男に殺されたと、こっちが話してやった」

「お里はどのような女ですか」

「二十二歳だが、色白の色っぽい女だ」

「では、『おさと』の客は女将目当ての男がたくさん集まってきているのですね」

「そのようだ」

「わかりました。お里さんに会ってみます」

栄次郎は立ち上がった。

田原町から東本願寺《ひがしほんがんじ》前を通り、新堀川にかかる菊屋橋を渡り、栄次郎は阿部川町のほうに折れた。

町中に入り、小商いの店が並んでいる一角に軒行灯に『おさと』と書かれた店が見つかった。

陽は高くなったが、まだ昼前で、店は開いていない。

戸に手をかけると、すっと開いた。栄次郎は土間に入って、奥に向かって声をかけた。すると、若い女が出て来た。

色白で首の長い細面の艶《つや》っぽい女だ。

「まだなんですけど」

女は怪訝そうに栄次郎の顔を見た。

「すみません。ちょっとお訊ねしたいことがありまして」

「はい」

「八十吉さんのことで」

「…………」

「八十吉さんをご存じですね」

「ええ」

「あなたと八十吉さんはどのようなご関係なのですか」

「なぜ、そのようなことを？」

「申し訳ありません。八十吉さんを殺した下手人を探しているのです」

「下手人はわかっているのではありませんか」

お里はきく。

「いえ、今奉行所が追っている男は無実なのです。それで、真の下手人を探すために、ききまわっているのです」

「…………」

「八十吉さんはここにはよくいらっしゃっていたのですか」

「まあ」

「客として？」

「いえ」

お里は間を置いて答える。

「お店が終わったあとに？」

「そうです」

「失礼な言い方をしますが、八十吉さんはあなたの情夫ということでよろしいのでしょうか」

「そうね。そういうことになるかしら」

「他の客には気づかれないようにつきあっていたのですね」

「そうです」

「お客の中に、あなたと八十吉さんのことに気づいたひとはいましたか」

「まさか、お客さんを疑って？」

お里は顔色を変えた。

「いえ、そうではありませんが、事実を確かめたいのです。知っている客はいましたか」

「十分に気をつけていましたが、気づいたひとはいたかもしれません。でも、はっきりとはわかっていなかったと思います」

さっきから覚えていた違和感に今気がついた。情夫の八十吉が殺されたというのに、お里にはそれほどの悲しみが見られないのだ。気丈に振る舞っているというふうでもない。

「八十吉さんの通夜や葬儀に行かれたのですか」

「いえ」

「また、失礼なことをお伺いしますが、あなたは八十吉さんのことでそれほど悲しんでいないようですが」

栄次郎は不躾《ぶしつけ》にきいた。

「そうね」

お里は苦笑した。

「正直なところ、ほっとしているというのが……」

「どうしてですか」

「悋気《りんき》ですよ」

お里は口許を歪め、

「私が他のお客さんと仲良くしていると、いつもあとからねちねち厭味《いやみ》を言うんです。八十吉さんが死んだと聞かされたとき、衝撃を受けましたが、悲しみより陰険な悋気から開放された喜びのほうが大きいんですよ」

「それほど。八十吉さんのことを好きではなかったということですか」

「どうかしら」

「なぜ、八十吉さんと親しくしていたのです？　岡っ引きの手下だからですか」

「それが一番の理由かしら」

「八十吉さんに月々金を渡していたのでしょうか」

お里は返事の代わりに、微かに微笑んだ。

その金を渡さずに済むことも、ほっとしているところかもしれないと思った。

「それからもうひとつ」

栄次郎はすぐに続ける。

「三か月ほど前、八十吉さんを付け狙っている男がいたと思うのですが、あなたは気づきませんでしたか」

「そんな話は聞いたことないわ。その男がどうかしたの？」

「三か月前から行方がわからないのです」

「わからない？　もしかして、八十吉が殺したんじゃないかと疑っているのね」

「どうしてそう思うのですか」

お里は思い詰めた目を向け、

「いつだったか、凄く興奮してここにやって来たことがあったの。目が血走っていて、怖いぐらいだった」

「あなたは、そのとき異常に思ったのですね」

「ええ」

栄次郎は礼を言って『おさと』を出た。

まだ昼前だったが、栄次郎は気になって本郷の屋敷に戻った。

中間部屋に行くと、清吉の姿がなかった。

書き置きがあって「これ以上、御迷惑をおかけできません」と書いてあった。

下男がやって来て、

「清吉さんは塀を乗り越えて出て行きました」

と、話した。

すぐに屋敷を出ようとしたとき、内玄関から声がかかった。

「栄次郎」

はっとして振り返ると、母だった。

「母上」

栄次郎はすぐに内玄関まで行った。

「お話があります。仏間へ」

「はい」

有無を言わさぬ母の声に、すぐ出かけるとは言えなかった。

栄次郎は玄関から上がり、いったん自分の部屋に入って刀を置いてから仏間に行った。

仏壇に灯明が供えてあった。栄次郎が入って行くと、母は手を合わせてから場所を空けた。

栄次郎は仏壇の前に座った。線香を上げ、父と義姉《あね》の位牌に手を合わせる。

それから、仏前から離れ、母と向かい合った。

「近頃、忙しそうですが、何をなさっているのですか」

母がいきなりきいた。

「はあ、ちょっと」

「ちょっとなんですか」

「人助けです」

「人助け？」

「はい。私にも父上のお節介病が受け継がれたようで」

栄次郎はそう言い、仏壇の位牌に目をやった。父との絆《きずな》を口にすると、母はそれ以上は何も言わなくなる。

「あまり無茶をしてはいけませんよ」

「はい」

「大城さまから栄之進と栄次郎のふたりに会いたいという申し入れがあったそうですね」

「はい。そのようです」

「日は決まっているのですか」

「いえ。まだ、兄上から伺っておりません」

「そうですか。で、あなたはどうお思いなのですか」

「何がですか」

「美津どののことです」

「兄上には美津どのがふさわしいと思っています。うまく、いくように願っています」

今は、大城清十郎が栄次郎の出生の秘密を知って身分の低い矢内家に娘美津を嫁《とつ》がせようとしていたのだとしても、兄がそれで仕合わせならいいと思っている。

「ほんとうにそう思うのですか」

「はい」

「そうですか。わかりました」

「母上。私は兄の笑顔を見るのがこの上なく仕合わせなのです。なんとか美津どのとうまくいくように」

「ありがとう」

母は頭を下げた。

「失礼します」

栄次郎は母のもとを下がった。

屋敷を出て清吉が行くところは、作造のところしかない。そう思い、栄次郎は作造のところに向かった。

五

清吉は本郷の屋敷を出ると、小石川《こいしかわ》のほうに向かい、水戸《みと》家の上屋敷脇から神田川に出て、そこを東に向かい、昌平橋《しょうへいばし》を渡り、柳原の土手を伝い、和泉橋を渡った。

遠回りをし、見張りがいないのを確かめて、薪炭屋の裏口の戸に手をかけた。鍵はかかっていなかった。

庭に入り、離れに向かった。戸を開け、作造さんと声をかけ、障子を開けた。

部屋に作造はいなかった。出かけているのか。おやっと思った。部屋の中の様子がおかしい。あっと思った。荷物がないのだ。

まさか、追い出されたのでは……。俺を匿ったことで、作造に災難が降りかかってしまったのだ。

清吉は母家に向かい、勝手口にいた女中に声をかけた。

「もし」

清吉は声をかけた。

女中は目を見開き、口をわななかせた。

「作造さんはどうしたんですね」

「…………」

「離れを追い出されたんですかえ」

女中は強張った顔で頷いた。

「どこへ行ったか知りませんか」

女中は首を横に振った。

物音がした。誰か来る。

「すまなかった」

清吉は踵を返した。

裏口に向かいかけたとき、凄まじい叫び声が上がった。

清吉はあわてて裏口から飛び出した。


清吉は和泉橋を渡り、柳原の土手下に並んでいる古着屋の床店《とこだな》に入り、茶の縞の着物を買い求め、着替えた。それから、再び昌平橋を渡り、遠回りをして五條天神の裏手の遊女屋の戸口に立った。

昼間のせいか、閑散とし、店先に女もいなかった。清吉は土間に入った。

遣り手婆が出て来て、

「おまえさんは」

と、覚えていた。

「この前は助かりました」

「無事だったんだね。よかったよ」

「それより、こちらさんにご迷惑はかからなかったでしょうか」

「うちは平気よ」

「そうですか。安心しました。おそめさんはいらっしゃいますか」

「まだ、寝ているよ。起こしてくるから」

「いえ。起こしちゃ申し訳ありません。起きるまでどこか隅ででも待たせてもらっていいですかえ」

「ここに来なよ」

遣り手婆がいる小部屋に招じた。

「いいんですかえ。すまねえ」

清吉は小部屋に入った。

遣り手婆といっても、三十半ばぐらいだ。

茶をいれてくれた。

「すまねえ」

茶をすすってから、

「どうして親切にしてくれるんですかえ」

と、清吉はきいた。

「あんたが私の亭主に似ているんだ」

「ご亭主はどうしたんですか」

「所帯を持って二年後にぽっくり。流行《はや》り病だったわ。亭主が生きていれば泥水に浸かるようなことはなかったのにね」

遣り手婆は寂しそうに笑った。

「そうですか」

「おまえさんはどうしたんだえ」

「ひと殺しの疑いをかけられている。もっとも、五年前に弾みとはいえ、ほんとうにひとを殺してしまっているがね」

清吉は自嘲ぎみに言う。

「詳しく聞かせてくれないか」

「聞いて気分のいい話じゃねえ」

「それでもいいよ。なんだか若い頃の亭主と再会したような気分なんだ。ねえ、聞かせておくれ。話しづらければ酒にしようか」

「そうだな。酒をもらおうか」

「あいよ」

遣り手婆は徳利を持ってきて湯呑みに注いだ。

「すまねえ」

清吉は酒を一気に呷《あお》ってから話しだした。

「俺は五年前まで瓦職人だった。許嫁もいたんだ。ところが許嫁に横恋慕し、汚い手を使って強引に横取りしようした男と争いになって……」

それから五年間の上州木崎宿の逃亡生活、江戸に舞い戻ると許嫁が兄貴分の男と所帯を持っていた上に、新たに殺しの疑いをかけられたという話をした。

「ひどい話だね」

「ああ、自分でも呆れ返るほどだ。このまま江戸を離れても常にびくびくしながら暮らさなきゃならねえと思うと、矢内さまの言うように疑いを晴らすしかないと思っている」

「そうさ。疑いは晴らさなきゃ」

遣り手婆は意気込んで言い、

「で、手掛かりはあるのかえ」

と、きいた。

「矢内さまが調べてくれているんだが、おさんという女が八十吉を恨んでいるので、おさんって女を調べているようだ。ただ、おさんは三か月前から行方が知れない。もしや、おさんはすでに……」

「待っておくれ。おさんだって。三か月前から……」

「何か」

「いつだったか、女衒《ぜげん》の長太《ちょうた》という男がここにやって来てね。自分の女を直接女郎屋に売りとばした男がいたと怒っていたのさ」

「もしや、その女がおさんという名なのか」

「そう言っていたわ」

「男は？」

房吉ではないかと思った。

おさんは身売りした金を房吉に渡し、八十吉を殺すように頼んだのではないか。

「すまねえ。その長太って女衒はどこに住んでいるんだ？」

「吉原《よしわら》の近くよ。浅草田町《たまち》一丁目」

「よし、これから長太ってひとに会ってくる」

「いるといいけど。娘を探しに旅に出ていることも多いから」

「ともかく行ってみる。すまねえ、恩に着る」

「待って。『松《まつ》の家《や》』のお春《はる》から聞いたと言うんだよ」

「お春さんか」

「また来ておくれ」

「わかった」

清吉は土間を飛び出して行った。


清吉は入谷を経て下谷金杉町《かなすぎちょう》から日本堤《にほんづつみ》に向かい、吉原に続く衣紋坂《えもんざか》を素通りし、土手の下にある浅草田町一丁目にやって来た。

途中でひとにきいて、女衒の長太の家に辿り着いた。

女衒は儲かるのか、こざっぱりした一軒家だった。清吉は格子戸を開け、声をかける。

すぐに色っぽい女が出て来た。遊女上がりか。

「長太さんはいらっしゃいますか。あっしは清吉と言い、『松の家』のお春さんから長太さんのことをお聞きしてやって来ました」

「お春さんからだと」

隣りの部屋から大柄な男が出て来た。

「長太さんですか。お訊ねしたいことがあってまいりました」

「なんだね」

「三か月前、自分の女を直接女郎屋に売りとばした男がいたとお聞きしました。女の名前はおさんだとか」

「うむ。お春さんにそんな話をしたな」

「じつはおさんという女が三か月前から行方が知れないのです。ひょっとしたら、売り飛ばされたのが、探しているおさんさんではないかと思ったのです」

「なるほど、時期は合っていなるな」

長太は頷く。

「どこの女郎屋か、教えていただけませんか」

「なんだか、わけありのようだな」

長太は呟いてから、

「根津《ねづ》だ」

と、言った。

「根津？　吉原じゃないんですか」

「根津の『悠木楼《ゆうきろう》』だ。源氏名は知らねえ」

「わかりました。ありがとうございました」

清吉は長太の家を出て、来た道を逆に辿って上野山下から不忍池《しのばずのいけ》をまわり根津に向かった。


陽が大きく傾き、辺りは薄暗くなっていた。

宮永町《みやながちょう》を抜けて根津権現の惣門をくぐる。通りの両側に妓楼《ぎろう》が建ち並んでいる。

客引きの若い男が清吉に声をかけてきた。

「すまねえ、『悠木楼』に行くんだ」

「『悠木楼』はこの先だ」

若い男は教えてくれた。

清吉は先に進む。妓楼と妓楼の間には酒屋やそば屋、下駄屋《げたや》、荒物屋などの商売屋がある。やがて、『悠木楼』が見えてきた。

清吉は店先にいた若い男に声をかけた。

「すまねえ、源氏名はわからないが、三か月ほど前にやって来たおさんという女を目当てにきたんだが」

「おさんなら確か、梅香《うめか》だ」

若い男は板敷きの間にいた半纏を着た男に説明をする。

半纏の男は清吉を梯子段を上がって二階のとば口にある大広間に通した。他にも客がふたりいて、酒を呑んでいた。

清吉の前に酒肴が運ばれてきた。気がせいたが、こういう仕来《しきた》りなら待つしかなかった。酒に口をつける気にもならずに待っていると、先客に若い衆が近寄って声をかける。その客は即座に立ち上がった。

廊下に着飾った女が待っていた。あとから客がやって来て、大広間も徐々に埋まっていく。

半纏を着た男が清吉に近寄ってきた。

「どうぞ」

その声に清吉はすっくと立ち上がった。

廊下に紅葉《もみじ》をあしらった派手な衣装の女が畏《かしこ》まっていた。これがおさんかと思いながら、あとに従った。

四畳半の部屋に通された。五條天神の裏手の遊女屋とは比べ物にならないほど小奇麗な部屋だ。

鏡台や衣紋掛けの紅殻《べんがら》の色も鮮やかだった。

「梅香です」

おさんが改めて挨拶をした。三十近いはずだが、白粉《おしろい》を塗った顔は若く見える。二十二、三で通しているのかもしれないと勝手に想像した。

「おさんさんですね」

清吉は思い切ってきいた。

「…………」

おさんの表情が変わった。

「あっしは清吉っていいます。わけあって房吉さんを探しています」

おさんは目を見開いた。

「なぜ……」

おさんは声を引きつらせた。

「八十吉を知っていますね」

おさんは険しい顔つきで、

「あなたはどうして？」

と、問い詰めるようにきく。

「あっしは八十吉殺しの下手人にされて追われているんです」

「えっ、今なんと？　八十吉殺しって、まさか八十吉は……」

「ええ、殺されました」

「ほんとうですか。八十吉が殺されたってほんとうなんですか」

「ほんとうです。あっしはやっていねえ。房吉さんが何か知っているんじゃないかって探しているんです」

「………」

「おまえさんは三か月前まで房吉さんと深川の冬木町に住んでましたね」

清吉は混乱しているようなおさんに向かい、

「おさんさんはそれ以前には八十吉と関わりがあったそうじゃありませんか」

と、追い詰めるようにきく。

「………」

「正直に申します。あっしはあなたに頼まれた房吉さんが八十吉を殺したのではないかと睨んでいるんです。どうなんですか」

清吉は迫る。

おさんは俯き苦しそうに顔を歪めた。

「あなたは房吉さんに八十吉を殺させようとしたのではありませんか」

「…………」

「おさんさん。あなたが苦界《くがい》に身を沈めたのは房吉さんに支払う謝礼を作るためだったんじゃないですか」

おさんは顔を上げ、

「違います」

と、弱々しい声を出した。

「何が違うのですか。房吉さんは今、どこにいるのですか」

「房吉さんは……」

おさんは息を継いで、

「殺されたようです」

と、言った。

「殺された？　誰にですか」

そのとき、襖の外で男の声がした。

おさんが会釈をして立ち上がった。襖を開け、おさんは部屋を出た。そのまま、おさんは戻って来ない。

「お客さん」

半纏の男が襖を開けた。

「梅香さんが階下に来ていただきたいと申しています」

「階下に？」

清吉はふと胸騒ぎがした。気のせいか、半纏の男の顔が強張っているように思える。

不審を抱きながら、清吉は部屋を出た。

梯子段をおりると、半纏の男は勝手口のほうに向かった。清吉は用心しながらついていく。

途中、庭への出入口があった。そこに、おさんの姿があった。清吉は庭下駄を履いておさんのもとに向かった。

が、途中で清吉は棒立ちになった。

岡っ引きの勘助が立っていた。あわてて踵を返したが、同心が待ち構えていた。

「清吉。観念しろ」

同心の声と同時に、清吉は勘助に腕をつかまれた。清吉はその場にくずおれた。

第四章　身代わり

一

その夜、栄次郎は本材木町《ほんざいもくちょう》三丁目と四丁目の間にある大番屋に駆け込んだ。

清吉が土間の莚《むしろ》の上に座らせられていた。

「清吉さん」

栄次郎はうなだれている清吉に声をかけた。

「矢内さま」

勘助がにやつきながら、

「矢内さまに言われて房吉とおさんについて調べたのですよ。やはり、橋場の寺の物置小屋で見つかったホトケは房吉でした。ホトケが持っていた煙草入れが奉行所に保管されていたので、冬木町の大家《おおや》に見せたところ、房吉のものだと言いきりました。矢内さまの言うように八十吉の仕業だとしたら、おさんはどうしたか。殺されてどこかに埋められているか。あるいは岡場所ではないか。生きていて行方が知れないのは岡場所にいるからかもと思ったんです。じつは、八十吉は一時、根津遊廓の『悠木楼』で客引きをしていたことを思い出し、おさんを『悠木楼』に売り飛ばしたのではないかと……」

「おさんさんはそこにいたのですか」

栄次郎は痛ましげにきいた。

「いました。やはり、八十吉に売り飛ばされたんです。おさんに会いに行ったら、そこに、まさかの清吉がいたんですよ。悪いことは出来ないものですね」

勘助は含み笑いをした。

「矢内どの。おさんからすべて聞いた」

同心の木戸松次郎が口をはさんだ。

「おさんは房吉に頼んで八十吉を殺そうとしたそうだ。そのためにいっしょに暮らしはじめた。なかなか決行しようとしない房吉をせき立て、やっとその気にさせた。ところが、逆に房吉が殺されてしまった。冬木町の長屋に現れた八十吉を見て、おさんは房吉が失敗したことを悟った。八十吉は仕返しにおさんを『悠木楼』に売り飛ばしたんだが、八十吉を殺そうとした弱みから従わざるを得なかったという」

「おさんさんがそう話したのですか」

栄次郎は確かめる。

「そうだ」

「矢内さま。とうに房吉は殺されていたんですよ。じゃあ、八十吉を殺ったのは誰なんでしょうね」

勘助は鋭い目を向けた。

栄次郎は困惑した。房吉でないとしたら、誰が八十吉を……。房吉に仲間がいたのか。仲間が仇《かたき》をとったのか。

しかし、房吉に仲間がいたとは思えない。いたとしたら、おさんも知っているだろう。

「おさんも哀れな女だ。八十吉が死んだとて、我が身がよくなることはない。それに、八十吉が死んだと知っても満足するどころか、虚しさだけが残ったと言っていた」

松次郎が同情するように言った。

「親分は八十吉が房吉を殺したことにまったく気づいていなかったんですね」

栄次郎は話を変えた。

「ああ、裏切られた思いがする。物置小屋で見つかったホトケの探索も素知らぬ顔でやっていやがった」

勘助は忌《い》ま忌ましげに言ったあとで、

「しかし、それとこれは別だ」

「八十吉はおさんを売った金をどうしたんでしょうか。何十両という金を手に入れているはずです」

栄次郎は気になってきいた。

「金？」

勘助は首を傾げた。

「親分は八十吉がときたままとまった金を得ていたことを知っていたんですか。おさんから金をさんざんせびり、うけとれなくなるとぼろ屑《くず》のように捨てた。そして、自分を殺そうとしたことを知ると、おさんを女郎屋に売り飛ばした。そんな阿漕《あこぎ》な真似をしていたのを知らなかったのですか」

「知らねえ」

勘助は憤然と言い、

「あいつは俺に何も言わなかった」

と、吐き捨てる。

「八十吉の部屋に金はありましたか」

「死んだあと、部屋を調べたがなかった」

「どこかに隠してあるのでは？」

「奴は床下にいつも金を隠していたんです。もちろん、そこも調べました。僅かな銭があっただけです。それ以外に隠し場所はないはずです」

「矢内さま」

清吉が沈んだ声で、

「もう疲れました。これもあっしの定めです」

と、諦めたように言う。

「清吉さん。最後まで諦めてはだめです」

栄次郎は励ます。

「いえ。仮にこの窮地を乗り越えたって、この先に待っているのは地獄ですから。あっしにはもう生きる術《すべ》はないんです」

清吉はうなだれた。

「気をしっかり持ってください」

「矢内さま。この期《ご》に及んで、いくらじたばたしても無駄ですぜ。八十吉を殺したのは清吉に間違いねえ。一番疑わしいおさんと房吉が八十吉殺しに失敗していたのですからね。残るは清吉しかいねえ」

勘助は自信満々に言う。

「これから取調べをし、明日には小伝馬町《こでんまちょう》の牢屋敷に送り込む」

同心の木戸松次郎は意気込んだ。

「どうぞ、お引き取りを」

勘助が栄次郎を追い出すように言う。

「清吉さん。強い心を持って」

清吉に声をかけて、栄次郎は大番屋を出た。

本郷への帰り道、八十吉は手に入れた金をどうしたのだろうと栄次郎は考えた。部屋に僅かな金しかないというのは妙だ。誰かに渡したのではないか。

翌朝、栄次郎は阿部川町の『おさと』に行った。まだ、寝ているかと思ったが、店先でお里が掃除をしていた。

「早いのですね」

　栄次郎が声をかけると、お里は振り向いた。

「あら、矢内さまでしたね」

　色白で細面の顔に笑みを漂わせた。

「また、八十吉さんのことでお訊ねしたいことがありまして」

「どうぞ」

　お里は店の中に招いた。

「なにかしら？」

「三か月前、八十吉さんはまとまった金を手に入れたんですが、あなたはご存じではありませんか」

「さあ」

　平然として答える。

「その金がどこに行ったのか、長屋にもないそうです。何に使ったんだと思いますか」

「他人のお金の使い道なんてわかりませんよ」

「でも、八十吉さんとあなたは親しい間柄だったのですから。今さら、何に使ったかわかっても、あなたが困ることはないと思いますが」

「…………」

「ご存じなのではありませんか」

栄次郎はさらにきく。

「もう八十吉さんはいないのです。何を言っても、差し障りはないんじゃないですか。お願いします。教えてください」

「知りませんよ」

「じつは、三か月前、八十吉さんは房吉という男を殺し、おさんという女を岡場所に売り飛ばして金を得たのです。私はその金があなたに渡ったのだと思っています。正直に話してくださらなければ、何か疚《やま》しいことがあるからと疑わざるを得ません。あなたもいっしょになって女を売り飛ばしたのかどうか、同心の旦那に言って調べてもらわねばならなくなります」

栄次郎は脅した。

「待ってください。私は関係ありませんよ」

お里はむきになった。

「でも、お金をもらっているのでしょう。だったら、どうして手に入れた金だとかきいたのではありませんか」

「いちいちききませんよ」

「いちいち？」

栄次郎は聞きとがめた。

「いちいちとは、ときたままとまった金を八十吉は寄越していたのですか」

「……………」

「そうなんですね」

「ええ」

お里は認め、

「わかりました。じゃあ、ほんとうのことを言います。じつはこのお店、八十吉が自分のために私にやらせたんですよ」

「自分のため？」

「ええ。いずれ勘助親分の代を継ぎ、俺は岡っ引きになると八十吉は言ってました。それまでこの店はおまえがやっていることにしろと。岡っ引きになったら私を女房にして、引き続き店を任せるからと」

「この店の開店の元手は八十吉さんが？」

栄次郎は驚いてきく。

「そうよ。三年前に居抜きで売りに出ていたのを八十吉が買ったのよ。それから、改装の金も出して……」

その金はおさんから絞りとったものだろうか。

「ときたま、八十吉さんはまとまった金を寄越したそうですが、八十吉さんはどこから金を？」

「さあ」

「金を出してくれる女がいたのでしょうか」

「そんな女はいないはずよ」

「では、どうやって金を？　まさか、誰かの弱みを握って……」

「あの男がやりそうなことね」

お里は口許を歪めて言う。

「誰かを強請《ゆす》っていたのですね」

栄次郎は勇躍してきいた。八十吉を恨む人物があらたに見つかるかもしれない。

「口にはしなかったけど、私はそう思っていた。岡っ引きの手下だから、いろいろなひとの弱みを握っているのだろうなって」

「強請りの相手が誰か想像はつきませんか」

「わかりませんよ」

「八十吉さんの口からよく出る名前はありませんでしたか」

「他人のことはほとんど口にしなかったわ」

「そうですか」

「ただ」

　ふと思いついたように、お里は目を見開いた。

「駒形町の『守田屋』の旦那とうちにやって来たことがあったんです。もう三年ぐらい前ですけど。そのとき、『守田屋』の旦那はすごく不機嫌そうだった。あとできいたら、ちょっと頼みごとをしただけだって言いました。あの男は俺の言うことは必ずきくからって、得意気に笑っていました」

「『守田屋』の旦那とは安蔵さんですね」

　清次郎は胸騒ぎがした。

「そう。同い年で、昔からの友達という割には、八十吉のほうが偉ぶっていたみたい」

「そうですか」

まさか、強請りの相手が安蔵ということがあり得るだろうか。弱みがあるとしたら、清吉が欽三を誤って殺したあと、殺しを揉み消すように頼んだことだが……。そのことが強請りと結びつくとは思えない。

「ふだんは店に顔を出さないと言ってましたね。どうして、『守田屋』の旦那とやって来たのでしょうか」

「さあ」

「当然、あなたとの関係は知っていたのでしょうね」

「ええ、知っていました。今から思えば……」

お里は眉根を寄せた。

「なんですか。なんでも話していただけますか」

「その数日前に、お店の改装をしたいって八十吉に頼んだことがあるの。居抜きで手に入れたけど、やはり自分の思い描く店にしたくて。しばらくして、改装する元手を用意してくれたわ」

「つまり、その金は『守田屋』の旦那から出ていると？」

「そうかもしれないわ。当時はそこまで考えていなかったけど」

この店に連れてきたのは、この店を見せて改装するのにかかる金を出してもらうためだったのかもしれない。

そうだとしたら、なぜ、安蔵はそのような金を出したのか。あるいは、出さざるを得なかったのか。

そう思ったとき、ふとあることが気になった。

「参考になりました。お邪魔しました」

あわただしく礼を言い、栄次郎は外に飛び出した。

それから栄次郎は東仲町の『江戸屋』に行った。土間に入ると、ちょうどお糸がいた。

「矢内さま。清吉さんが捕まったそうですね」

「ええ。今、大番屋にいます」

「これで、間違いが起こらずに済みます」

お糸が安心したように言った。

「すみません、旦那にお会いしたいのですが」

「はい。どうぞ」

栄次郎はお糸の案内で欽之助の部屋に行った。

「おとっつあん。矢内さまよ」

お糸が声をかけると、欽之助は目を開いた。

栄次郎に気づくと、起き上がろうとした。お糸が急いでそばに行く。お糸の手を借りて、欽之助はふとんの上に体を起こす。すぐにお糸が羽織をかける。

「清吉が捕まったというのはほんとうか」

欽之助が口を開いた。

「ほんとうです」

「無念だ。この手で欽三の仇を討ってやりたかったのに」

欽之助は口惜しそうに拳を上げた。

「そのことで、ちょっとお訊ねしたいのですが」

栄次郎は欽之助の顔を見つめ、

「五年前のことです。なくなった欽三さんがここに運び込まれたとき、頭部の傷を見ましたか」

「もちろんだ」

そのときのことを思い出したのか、欽之助は険しい顔つきになった。

「欽三さんは仰向けに倒れた際に落ちていた石に後頭部を打ったことが致命傷《ちめいしょう》だっ

たのでしょうか」

栄次郎は肝心なことをきいた。

「いや、額が割れていた。起き上がったところをもう一度石で殴ったのだ」

欽之助は怒りから声を震わせた。

「そのことに間違いありませんか」

栄次郎は念を押してきいた。

「ない」

「つまり、欽三さんの傷は二カ所だったのですね」

栄次郎は確かめる。

「ええ、私も兄の顔を見ました、額に殴られた跡がありました」

お糸が口を入れた。

「殴られた跡だと傷を見てすぐわかったのですか」

「知らせてくれた八十吉さんと守田屋さんが、清吉さんと揉み合いになって、清吉さんが殴ったと話してくれましたから」

「つまり、清吉さんが殺したと言ったのですね」

「そうです」

お糸は不審そうに、

「矢内さま。それが何か」

「ちょっと引っ掛かることがあるのです」

「矢内さん。何に引っ掛かっているんですね」

欽之助がいらだったように、

「この期《ご》に及んでも、まだ清吉の肩を持つつもりなんですか」

と、激しく言う。

「すみません。また、まいります」

栄次郎は言い、あわただしく引き上げた。

『江戸屋』を出て、栄次郎は大番屋に急いだ。

大番屋の戸を開けると、同心の木戸松次郎が出て来るところだった。

「これから奉行所に入牢証文を取りに行く」

松次郎が言った。

「お待ちください」

栄次郎は松次郎を押しとどめ、

「清吉さんに確かめたいことがあるのです。お願いです。清吉さんと話をさせてくださいませんか」

と訴えた。

「もう取調べは終わった」

松次郎は突き放すように言う。

「肝心なことが抜けているんです。それを確かめたいのです」

「矢内さまにそんな資格はありませんぜ」

勘助が冷笑を浮かべて言う。

「わかっています。でも、大事なことなんです」

「どいていただこう」

松次郎は強い口調になった。

「では、このような形で崎田さまを利用するのは本意でありませんが、崎田さまにお願いしてみます」

「なに、崎田さまだと」

松次郎が眉根を寄せた。

「そうです。妹のお秋さんに頼んでもらいます。それでも、強引に清吉さんを牢送りにするなら、崎田さまにこの件を訴え……」

「威《おど》しか」

松次郎は顔をしかめた。

「ひとひとりの命がかかっているのです。崎田さまならわかってくれるはずです」

「仕方ない」

松次郎は大きくため息をつき、

「清吉を連れてこい」

と、勘助に命じた。

「ありがとうございます」

やがて、清吉が奥の仮牢から連れ出されてきた。

莚の上に座った清吉に、栄次郎は切り出した。

「清吉さん。五年前、欽三さんと揉めたときのことを思い出してください」

「五年前のこと……」

清吉は表情を曇らせた。思い出したくないことなのだろう。

「あなたは欽三さんと揉み合っていてふたりで倒れ込んだのですね」

「そうです。欽三は匕首を抜いたので、あっしは飛びかかった。それで揉み合いになって、はずみで足をかけた。欽三は体勢を崩し、そのままふたりで倒れ込んだんです。そしたら、欽三が呻いて起き上がりませんでした。覗くと、欽三の後頭部から血が流れていた。頭の下に大きな石があったんです」

清吉は体を震わせた。

「それから？」

「うろたえていると、安蔵兄いがおそめさんといっしょにかけつけてきた。そして、安蔵兄いがすぐ逃げろと。『江戸屋』の連中に知れたら殺されるからと。おそめさんには八十吉を呼びに行かせたんだ」

「勘助親分。今の清吉さんの話をお聞きになって、妙なことにお気づきになりませんか」

栄次郎は勘助にきいた。

「妙なことですって？」

勘助は顔をしかめた。

「気がつきませんか」

「なんだ、妙なことって」

「欽三の傷を見ましたね」

「傷?」

「致命傷はどこだったのでしょうか」

勘助ははっとした。

「致命傷は額の……」

「清吉さん」

栄次郎は清吉に顔を向けてきいた。

「あなたは欽三の額を石で殴りつけましたか」

「いや、そんなことはしてません」

「欽三さんは額を殴られて絶命したんです」

「なんですって」

「あなたが逃げたあと、何者かが息を吹き返した欽三の額を殴ったんだと思います」

「誰がそんなことを……」

「清吉さん。あなたの煙草入れについていた根付ですが、どこで落としたか想像はつきませんか」

「わかりません。三味線堀で休んだときだと……。いや、それ以前からなかったかも……。でも、三味線堀で見つかったなら、やはり三味線堀で落としたのでしょう」

「いえ、誰かがわざと三味線堀に落としたのですよ」

「えっ、誰が？」

それに答えず、栄次郎は再び勘助に目をやり、

「勘助親分。今の清吉さんの話を聞いてどう思いますか。五年前の夜、駒形堂近くの大川端で何があったか。勘助親分なら想像がつくのではありませんか」

「………」

「あの夜、親分が現場に駆けつけたとき、欽三の亡骸の傍にいたのは安蔵さんと八十吉のふたりでしたね」

栄次郎の声が聞こえないのか、勘助は思い詰めた目を虚空に向けている。

「おい、勘助。どういうことだ？」

松次郎がいらだったようにきいた。

「へえ、旦那」

はっと我に返ったように、勘助は口を開いた。

「あのときの八十吉の態度に引っ掛かるところがあったんです。今の話を聞いて腑に落ちることが……」

「木戸さま。牢送りは待っていただけますか」

栄次郎は訴える。

「勘助、何に引っ掛かるんだ」

栄次郎に答える代わりに、松次郎は勘助にきいた。

「へえ。もしかしたら、矢内さまの言うとおりだったのかもしれないと」

「安蔵が殺したと？」

「へい。それを八十吉が見ていたということも一概に否定出来ないような……」

勘助は自信なさげに答える。

「そのことで、八十吉が安蔵を強請っていたとしたら安蔵にも八十吉を殺す理由があることになります」

栄次郎は説き伏せるように、

「清吉さんを牢屋敷に送り込んだあとで、安蔵の仕業だとわかったら下手人の取り違えということになって問題になりませんか」

「………」

「ここはもっと調べてみる必要があります。少なくとも、きょうの牢送りはやめるべきでは」

「いいだろう」

松次郎は口許を歪めて言う。

「清吉さん。もう少しの辛抱です」

「矢内さま」

清吉が縋るような目で見ていた。

二

栄次郎は大番屋から駒形町の『守田屋』に急いだ。

店番の男に安蔵を呼んでもらうと、すぐに出て来た。

「大事な話があります。誰も交えずふたりきりでお話をしたいので浅草黒船町のお秋という人の家に来てもらえませんか」

栄次郎は半ば強引に迫った。

安蔵は気圧《けお》されたように頷いた。

栄次郎は一足先にお秋の家に行った。

二階の部屋で、安蔵がやって来るのを待った。栄次郎は気が重かった。安蔵が真の下手人だったら、おそめと子どもはどうなるのか。そのことを考えたら追及をやめたかった。しかし、清吉を助けるには避けて通れないのだ。

二階の窓から晩秋の大川の景色を眺める。

川面が秋の陽射しにきらめいている。欽三殺しと八十吉殺しから、清吉を救い出せる目処《めど》が立ったというのに心は晴れなかった。

このまま逃げたい。そんな弱気の虫が暴れだしていた。なぜ、このようなことにと、運命を呪わないわけにはいかなかった。

ひんやりした風が火照《ほて》った顔を冷やすように当たる。落ち着くのだ。真実がなにかを探るだけだ。その先に何があるのか、それは栄次郎の考えることではない。そう自分に言い聞かせる。

梯子段を上がってくる足音が聞こえた。栄次郎は深呼吸をして窓を閉め、部屋の真ん中に戻った。

襖が開いて、お秋が顔を出した。

「守田屋さんがいらっしゃいました」

「どうぞ」

栄次郎は声をかける。

「失礼します」

安蔵が入ってきた。用件が気になるのか、表情が硬いようだ。

向かいに腰を下ろした安蔵はすぐに口を開いた。

「大事な話とはなんでしょうか」

「八十吉のことを調べていて、あの男の秘密がわかりました」

栄次郎は切り出した。

「八十吉の秘密ですか」

「そうです」

「なんでしょうか」

いくぶん、安蔵の顔が強張っている。

「守田屋さんは八十吉とは長いつきあいのようですね」

「ええ。上州から出て来て、瓦職人の伝助親方のところに住み込んだ頃からのつきあいです。八十吉は納豆売りをしていました。そのうち、根津遊廓で働きだし、八十吉の案内でよく根津で遊んだものです」

安蔵は懐かしそうに言う。

「八十吉は女を食い物にしてきたようですね」

「…………」

「どうですか」

「少し冷酷な面もありました」

安蔵は曖昧に答える。

「それなのに岡っ引きになろうとしていたようですね」

「そうです」

「なぜ、岡っ引きを目指していたのでしょうか」

「それは……」

安蔵は顔をしかめ、

「正義からではありませんよ。岡っ引きの旨味を知っているんですよ」

と、蔑《さげす》むように言う。

「なるほど。ほんとうは岡っ引きになってはいけない男なのかもしれませんね」

「ええ」

「八十吉は阿部川町にある『おさと』という呑み屋の女将に惚れていたようですね。ご存じでしたか」

「ええ。一度、行ったことがあります」

「八十吉はそこに客として行くのは珍しいようですが、どうしてあなたを連れて行ったのでしょうか」

　栄次郎は安蔵の顔を覗き込む。

「さあ、好きな女を見せたかったのかもしれませんね」

「それはいつごろでしょうか」

「三年ぐらい前です」

「三年前というと、あなたが『守田屋』に壻に入って一年後ですね」

「…………」

　微かに、安蔵の顔が翳《かげ》った。

「その頃、『おさと』は店の中を改装したそうですね」

　栄次郎は切り出す。

「矢内さま。お話というのはそのようなことなのですか」

　安蔵は強い口調で言う。

「いえ、話はこれからです。『おさと』を改装するために入り用の金は八十吉が用立てたそうです。でも、八十吉にそんな金があったのでしょうか」

「…………」

「ひょっとして、その金は守田屋さんが貸して上げたのかと思ったのです。そのために、あなたを『おさと』に誘ったのかと」

「違います」

強い口調だった。

「そうですか」

「矢内さま。そのような話をしても無駄です。失礼させていただきます」

安蔵は腰を上げようとした。

「お待ちください」

栄次郎は引き止める。

「じつは、八十吉は誰かを強請っていたようなのです」

「………」

安蔵は座り直した。

「おそらくお上《かみ》の御用で知り得たことを種に、相手の弱みを握って脅していたのかもしれません」

「やはり、私とは関係ない話のようですね」

再び、安蔵は腰を上げようとした。

「あなたも強請られていたのではありませんか」

「ばかな」

安蔵はもう一度腰を下ろした。

「なぜ、私が脅されなきゃならないのだ。私に弱みなどない」

「五年前、欽三が殺されたときのことなのですが」

「………」

「欽三には後頭部と額の二カ所に傷があったそうです。ところが、清吉さんは額の傷のことを知らなかったのです」

「狼狽していて、覚えていなかったのでしょう。私が駆けつけたとき、額が割られていましたよ」

安蔵はいっきに言う。

「なるほど」

栄次郎は素直に頷き、

「そのあとに八十吉さんが駆けつけてきたのですね。欽三さんの死をすぐ確かめたのでしょうね」

「そうです。私は状況を説明し、なんとか事故にしてもらえないかと頼んだのです」

「それはなぜですか」

「なぜ？　もちろん、清吉を助けたいからですよ。下手人にしたくないからですよ。あの場合、誰もそうしますよ」

安蔵は憤然と言う。

「八十吉は事故で片づけることを簡単に請け合ってくれたのですね」

「そうです」

「だったら、なぜ、『江戸屋』に対して事故だと話さなかったのでしょうか。あなた方は清吉さんが殺したと話しているのですよね」

「それは隠しようがないからです」

「奉行所には隠せても『江戸屋』には無理だと？　つまり奉行所にはごまかしがきくが、『江戸屋』はごまかせないということだったのですね」

「…………」

「なぜ、あなたは清吉さんを江戸から逃がしたのですか」

「『江戸屋』の連中に仕返しをされるからです」

安蔵は不快そうな顔をした。

「『江戸屋』にも事故だと言えば、清吉さんは逃げる必要はなかったんじゃないですか」

「ですから、『江戸屋』にはごまかしがきかないと思ったのです」

安蔵はいらだったように言う。

「清吉さんが逃げなかったらどうなっていたでしょうか」

栄次郎はさらにきく。

「捕まっていましたよ。それで牢送りですよ」

「それより、欽三さんが死ぬことはなかったんじゃないですか」

「どういうことですか」

安蔵は憤慨したようにきく。

「あなたが駆けつけてきたとき、欽三さんはまだ死んでいなかったんじゃないですか」

栄次郎は安蔵の顔を見つめた。

「何を言うのですか。死んだから、清吉もあわてて逃げたんじゃないですか」

「あなたが逃げろと言ったからでは？」

「違う。清吉も『江戸屋』の仕返しが怖かったんですよ」

安蔵は懸命に言い返す。

「おそめさんを置いてですか。あなたはこう言ったんじゃないですか。奉行所のほうは手を打っておく。だから、『江戸屋』のほとぼりが冷めるまで江戸を離れていろと。ほとぼりが冷めたら手紙を書くと。それで、清吉さんはあなたに教えてもらった上州に旅立ったのです」

「矢内さま、いったい何を仰りたいのですか」

安蔵の顔は強張っている。

「清吉さんは欽三さんの額を殴っていません」

「だから、それは覚えていないだけで」

「そのことは何の証もありませんからどっちがどうだとは言いきれません。ですが、八十吉が殺されたことから想像がつきます」

「想像？」

「ええ。なぜ、八十吉が殺されたのか。そして、八十吉殺しがなぜ、清吉さんが江戸に戻ったときに起こったのか」

「偶然でしょう」

安蔵は吐き捨てる。

「いえ。偶然とは思えません」

栄次郎は鋭く、安蔵の顔を見つめ、

「あなたはどうして、清吉さんを江戸に戻したのですか」

「清吉は江戸が恋しかろうという思いと、私がおそめさんといっしょになったことを打ち明けなければならないという思いがいっしょになって呼び寄せる手紙を書いたのです」

「ほとぼりが冷めたわけではなかったのですね」

「そうです」

「江戸に舞い戻った清吉さんは伝助親方のところにまず顔を出し、それからあなたと真崎稲荷で会ったのですね。そこで、あなたはおそめさんと所帯を持ったことを話した」

「ええ」

「ところが妙なことに、『江戸屋』の者たちは清吉さんが江戸に戻ってきたことを知っていたのです。なぜ、『江戸屋』の者たちは知っていたのでしょうか」

「道中でいっしょだった香具師が知らせたということです」

「清吉さんは香具師のことを否定していました。『江戸屋』の者たちは清吉さんが『守田屋』に現れることまで知っていて待ち伏せていたのです。どうしてでしょうか」

「…………」

「誰かが知らせたとしか思えません。では、いったい誰が知らせたのでしょうか」

栄次郎は身を乗り出し、

「当然、清吉さんが江戸に舞い戻ったことを知っている人物です。まず、伝助親方。そして、あなたです」

「私がそんなことをする理由がない」

安蔵は声を震わせた。

「ええ、表向きにはあなたにはありません。でも、五年前のことに何かが隠されていたら、事態は一変するのです」

「何が隠されていると言うのか」

安蔵は眦《まなじり》をつり上げた。

「八十吉は誰かを強請っていたと言いましたね。その強請りの種は五年前にあると考えるとすべてが腑に落ちるのです」

「………」

「もう、まわりくどい言い方はやめましょう」

栄次郎は口調を変えた。

「五年前、あなたは清吉さんが逃げたあと、欽三が息を吹き返したのに気づいたのではありませんか。それでとっさに落ちていた石を拾い、欽三の顔を目掛けて殴ったのです」

「ばかな」

「そこに八十吉がやって来た。八十吉はあなたが欽三を殺すところを見ていた。しかし、八十吉はあなたに手を貸し、事故に見せ掛けるようにした。ただ、『江戸屋』には清吉が欽三を殺し、逃亡したと伝えた」

「嘘だ」

「それから、八十吉はあなたから金をせびるようなった。『おさと』の改装の金も、あなたに出させた。この先、いつまでも金をむしりとられる。そう思ったあなたは八十吉を始末しようとした。それに清吉さんを利用しようと企んだ」

「出鱈目《でたらめ》だ」

　安蔵は叫ぶ。

「あの日、三味線堀付近で清吉さんを見失ったことを知ったあなたは、夜になって八十吉を三味線堀まで誘《おび》き出した。清吉の隠れ家がわかったとか、理由はなんとでもつけられたでしょう。そこで、油断をついて石で殴りつけて殺し、死体を堀に捨てた。石を凶器にしたのは、そのほうが清吉さんの仕業に思えるからでしょう。さらに、そこにあなたは清吉さんの根付を落としておいた」

「どうして私が根付を持っているのだ?」

「あなたは真崎稲荷で清吉さんと会いましたね。そこで、あなたはおそめさんといっしょになったことを話した。そのことの衝撃で、清吉さんは動揺し、根付を落としたことも気づかなかったのでしょう」

栄次郎は、口をわななかせている安蔵を見据え、

「清吉さんはあなたを信じていたのです。そのあなたに裏切られた。あなたは、清吉さんからおそめさんを奪い、今度は自分の罪まで押しつけた。なんとも思わないのですか。心が痛まないのですか」

と、激しく責めた。

「矢内さま。私が欽三を殺し、さらに八十吉を殺したという証があるのですか」

安蔵は開き直ったように逆襲した。

「今はありません。だから、あなたの良心に訴えているのです。心に何も疚《やま》しいことはないと言うなら、あなたはこのまま今までどおりの暮しが送れるでしょう。でも、それでおそめさんや子どもを守っていけるのですか。良心の呵責《かしやく》に責め苛《さいな》まれながら、仕合わせを守ってあげられるとお思いですか。その自信がおありですか」

「…………」

「あなたが名乗って出なければ、清吉さんは死罪になるでしょう。五年前にもひとを殺し、さらに殺しを繰り返した。それも、自分を追っていた岡っ引きの手下を殺したのですからね」

栄次郎は間を十分にとってから、

「清吉さんが処刑されたあとで気がついても手遅れです」

「やっていないものはやっていない。失礼する」

安蔵はいきなり立ち上がった。

「安蔵さん。このままだと、きょうにも清吉さんは小伝馬町の牢屋敷に送られる。それを止めたいために、あなたの良心に訴えたのです。どうか、もう一度よく考え、もし私の言っていることに間違いがなかったら、きょうの夕七つ（午後四時）までに本材木町三丁目と四丁目の間にある大番屋に来てください。それまで牢送りを待ってもらいます」

栄次郎は一縷《いちる》の望みにかけて言った。

「失礼」

安蔵は憤慨して廊下に向かった。

栄次郎は部屋を出て行く安蔵を茫然と見送った。

三

栄次郎はお秋の家から大番屋に戻った。

同心の木戸松次郎が待っていたが、勘助はいなかった。

「どうであったか」

松次郎がきいた。

「申し訳ありません。夕七つまで待っていただけませんか」

栄次郎は安蔵との話し合いの中身を説明した。

「わかった。矢内どのの話を聞いて、勘助も確かめたいことがあると言って出かけている。勘助が戻るまで待つ」

「わかりました。清吉さんと話をさせていただけますか」

「いいだろう」

松次郎は小者に言いつけ、仮牢から清吉を連れ出した。

清吉は土間に敷いた莚の上に座った。栄次郎はその前に片膝をついて、清吉と向き合った。

「清吉さん。今、安蔵さんと話してきました」

「…………」

「五年前、何があったか。安蔵さんは認めませんでしたが、欽三を殺したのは安蔵さんです。それを八十吉に気づかれ、そのことでずっと強請られていたのです。このたび、清吉さんを江戸に呼び戻し、その上で八十吉を殺し、清吉さんに罪をなすりつけようとしたのです」

「信じられねえ。あの安蔵兄いが……。俺のためを思っていろいろやってくれていたんです。上州木崎宿での五年間、いつも安蔵兄いには感謝をしていました。この世に俺の味方はいなくても、安蔵兄いとおそめさんだけは俺のことを思ってくれている。そう信じていました」

清吉は熱に浮かされたように喋った。

「それもみな自分を守るためだったのです」

栄次郎は冷静に言う。

「なんてこった」

清吉は唇をかみしめた。

「でも、安蔵さんはすべて否定しています。残念ながら、証がありません」

「あの根付ですが、どこで落としたか思い当たることがありました。真崎稲荷です。安蔵兄いからおそめさんのことを聞いたあと、あっしは混乱していて……。あのとき、根付を落としたのかもしれません」

清吉は思い出したように口にした。

「おそらく、そうでしょう。安蔵さんはそれを拾って八十吉殺しの現場にわざと落としたのです」

「あっしが『江戸屋』の連中に見つかったのも、安蔵兄いが知らせていたんですね」

「そうです。ただ、あなたをほんとうに『江戸屋』の連中に引き渡すつもりはなかったのかもしれません。八十吉殺しの疑いをかけられたあなたが江戸を離れてくれることを望んでいたのでしょう」

「………」

「安蔵さんに良心の呵責があれば夕七つまでにここに来るかもしれません。でも、来なくても、必ず安蔵さんの仕業だという証を見つけ出します。きっと何かあるはずです」

栄次郎は自分に言い聞かせる。

そのとき、勘助が戻って来た。

「どうであった？」

松次郎がきいた。

「へえ、わかりやした。三味線堀の近くにある辻番所の番人が八十吉らしい男が大柄な男と歩いているのを見てましたが、今確かめてきたところ、大柄な男は『守田屋』の安蔵に特徴が似ていました。ただ、そうだという証はありません」

「そうか」

「それから、五年前のことですが、欽三の亡骸を『江戸屋』に運んだあと、八十吉は旦那の欽之助にさかんに清吉が欽三を殺したときの様子を語っていたんです。そのとき、清吉が石で額に殴り掛かったと何度も話していました。まるで、自分が見ていたかのように。そこでは安蔵のことはいっさい口にしていませんでした。そのことがちょっと不自然だったので、あとで八十吉にきいたんです。おまえが駆けつけたとき、清吉は逃げたあとだったんじゃないかと。そしたら、安蔵が見ていたと言いだして。でも、『江戸屋』の旦那から清吉はこっちで成敗するからと頼まれていたので、そのままに」

「うむ。しかし、安蔵がやったという証にはならぬな」

松次郎は顔をしかめた。

「ええ」

勘助は悔しそうに言う。

「木戸さまも勘助親分も清吉さんの無実を信じてくださるのですか」

栄次郎はきいた。

「安蔵に疑いがあるが、だからといって清吉が無実と断じていいかは別だ」

松次郎は厳しく言う。

「もっとはっきりした証が欲しい」

「ええ」

栄次郎もそう思うが、証が見つかるかどうか。

「いずれにしろ、入牢証文を取りに行くのはやめるが、解き放つわけにはいかない。しばらく、ここに留め置く」

「八十吉が安蔵を強請っている証が見つかれば……」

勘助が呟く。

「おそめさんが何か気づいているかもしれませんね」

栄次郎は思いついて言う。

「店の金を八十吉に渡しているのでしょうから」

「よし、あっしがきいてみます」

勘助が気負って言う。

「しかし、安蔵がいる前ではほんとうのことは喋るまい」

松次郎が首を横に振った。

「安蔵のいないときを狙って」

「お話しします」

突然、清吉が口を開いた。切羽詰まったような荒い息づかいに、栄次郎は全身が冷気に包まれたような胸騒ぎに襲われた。

「申し訳ありません。今まで嘘をついていました。すべて、あっしがやったことでございます」

「おい、清吉、どういうことだ？」

勘助が清吉を睨みつけた。

「欽三も八十吉も、あっしが殺しました」

「やい、清吉。こんなときに冗談はよせ」

勘助が大声を張り上げた。

栄次郎は愕然として清吉を見つめた。

「冗談じゃありません。倒れて頭を打った欽三が起き上がろうとしたところを、あっしが石で額を殴りました。欽三を殺したのはあっしです」

「清吉さん。なぜ、今頃そんなことを?」

栄次郎はあわててきく。

「あっしがしらを切りとおせば、安蔵兄いに迷惑がかかります。そこまでしてもう逃げようと思いません」

「安蔵さんが捕まれば、おそめさんや赤子が奈落の底に落ちる。そのため、清吉さんは身代わりに」

「違います。矢内さまをもうこれ以上、騙すわけにはいきません。あっしは正直に申し上げることにしたのです」

信じられぬ思いで清吉を見る。

「おい、清吉。自分が今、何を言っているのかわかっているのか。欽三を殺し、その上、八十吉まで殺しているとなれば死罪は間違いない。そのことがわかっていて言っているのか」

勘助が怒鳴った。

「へい、わかっています」

清吉は落ち着いて答える。

「清吉さん、あなたを罠にはめ、地獄に落としたのは安蔵ですよ。その安蔵の罪を引き受けるつもりですか」

栄次郎は問い詰めるようにきいた。

「そうじゃありません。すべてあっしがやったことです。八十吉を石で殴って殺して三味線堀に落としたのはあっしです。そのとき、根付を落としたんです。安蔵兄いは関係ありません。八十吉に強請られていたとしたら、別の理由かもしれません。もう嘘を突き通して逃げまわることに疲れました。どうか、素直にお裁きをお受け出来るようにしてください」

清吉の目つきも変わっていた。別人だ。栄次郎は衝撃を受けた。覚悟を定めた目だ。安蔵の仕業だとなれば、安蔵は死罪を免れない。おそめと子どもは罪人の子だ。『守田屋』も続けていくことは出来ないだろう。

それを救うことが出来るのは自分だけだと、清吉は思ったのに違いない。安蔵を助けるのではない。おそめと子どもを、そして『守田屋』を守ろうとしたのだ。

栄次郎は愕然とした。自分は清吉の覚悟を知った上で、翻意を促すことが出来るのか。清吉を助けることは、おそめ母子を不幸のどん底に突き落とすことになる。それをわかっていて、真実を追い求めるのか。

「清吉さん。あなたはそれでいいのですか」

栄次郎はもう一度、きいた。

「どうせ、死んだも同然のあっしです。後悔はありません」

「おそめさんにあなたの気持ちは伝わりませんよ。おそめさんから、ひと殺しと思われたまま死んでいくことも苦にならないのですか」

「もちろんです」

清吉ははっきり頷いた。

栄次郎は深いため息をついた。

木戸松次郎が難しい顔で栄次郎を見た。

「矢内どの。本人の自白は大きい。これから、改めて自白に基づいて欽三殺しと八十吉殺しで清吉を取調べなければならない」

「わかりました」

栄次郎は応じてから清吉に顔を向け、

「清吉さん。おそめさんや安蔵さんに何か言伝《ことづ》てがおありですか」

と、きいた。

「遠くから、お仕合わせを祈っているとお伝えください」

「わかりました」

栄次郎はやりきれない思いで立ち上がった。

「矢内さま。それからもうひとつお願いが。作造さんに礼を言えぬまま別れることになったことを詫びておいていただけますでしょうか。薪炭屋の離れにもういませんでしたので、どこに行ったのかも心配なのです」

「探して、伝えておきます」

栄次郎は清吉に別れを言い、大番屋を出た。とたんに西陽が顔に当たった。眩しさに手をかざしたが、その目の奥に残像があった。

栄次郎は手を外した。すると目の前に商人ふうの男がいた。安蔵がやって来た。そう思ったが、その商人ふうの男はそのまま京橋《きょうばし》のほうに折れて行った。安蔵がやって来るのを期待していたぶんだけ落胆は大きかった。

栄次郎は大番屋を振り返った。

清吉の選択をどうのこうの言うつもりはなかった。清吉の気持ちはよくわかる。ひとを殺したことや清吉を罪に陥《おとしい》れたことの良心の呵責が安蔵にどこまであるのかわからない。そんな安蔵がおそめと子どもを守っていけるのか。そのような心配もあるが、清吉の考えを尊重しようと、栄次郎は自分に言い聞かせた。

それから、栄次郎は江戸橋《えどばし》を渡り、まっすぐ神田川に向かい、和泉橋を渡って神田佐久間町に入った。

薪炭屋の脇に大八車が着いて荷を運んでいた。

土間にいた番頭ふうの男に声をかける。

「離れにいた作造さんは今どこにいるかわかりませんか」

「さあ。手配の男を匿ったことを知って、旦那が怒って追い出しましたから、旦那だって行き先は知らないと思いますよ」

「そうですか」

栄次郎は薪炭屋を引き上げ、そこから明神下の新八の長屋に向かった。

長屋木戸を入ろうとしたとき、ちょうど新八が出て来た。

「あっ、栄次郎さん」

「おや、めかし込んで」

新八がぴしっとした身なりだったので、ちょっと驚いた。

「へえ、ちょっと野暮用《やぼよう》で。何か」

「いえ、急ぎの用ではないので」

「でも、あっしなら構いませんよ」

「ほんとうに明日で。ただ、八十吉殺しで清吉さんが自白しました。一件落着したことのお知らせと、あと作造さんが薪炭屋の離れを追い出されました。どこに行ったのか、探してもらいたいのです」

「明日でよろしいですか」

「もちろんです」

通りに出てから、筋違御門《すじかいごもん》に向かう新八と別れ、栄次郎は本郷の屋敷に向かった。

新八は何か浮き立っているような感じだった。女だ。そう思うと、栄次郎も清吉のことで苦しんでいた心が少し明るくなった。

翌日、朝餉のあとに栄次郎は兄の部屋に行った。

「大城さまから、明日の夕方に小石川にある最長寺《さいちょうじ》で会いたいと言ってこられた。都合はいいか」

兄は切り出す。

「はい。畏まりました」

栄次郎は答えたものの、兄の表情が翳っているのを見て、ふと不安になった。

「兄上、何か気になることが？」

「うむ」

兄はため息をつき、

「少し怖いのだ」

と、呟いた。

「怖い？」

「大城さまの話の中身だ。縁組の解消になるのではないかと」

「どうなさったのですか、急にそのようなことをお考えになって。わざわざ大城さまがお会いくださるのです。それに私まで。縁組を続けたいという思いからではありませんか」

「なら、いいのだが」

兄は気弱そうに言う。

「そうですよ」

そう言ったが、栄次郎も急に不安になった。大城清十郎から会いたいという申し入れがあったとき、そのまま縁組を解消するならわざわざ兄と栄次郎に会う必要はない。だから、改めて縁組を進めたいという申し入れがあるのだと勝手に思っていたが、そうとばかりは言えないと危惧した。

栄次郎を呼んだことはあくまでも栄次郎に災いが及んだことを陳謝するためかもしれない。あるいは、栄次郎の出生の秘密を知った上での縁組の申し入れを詫びた上で、大城家側から縁組を辞退すると言い出すのではないか。

兄の不安な顔を見て、栄次郎も悪いほうに考えを巡らせた。しかし、兄にはそのような危惧をおくびにも出さず、

「兄上、そのように心配することはありませんよ」

と、励ました。

「そうだの」

「それより、兄上。新八さんのことですが」

と、栄次郎は切り出した。

「昨夜もめかしこんで出かけました。ひょっとして、兄上が？」

「うむ」

兄は笑みを浮かべ、

「新八からは黙っているように言われているが……」

「女のひとのことですね」

「そうだ、新八もいつまでも独り身でいるわけにもいくまい。ちょうど、いい娘がいてな。こっそり会わせた。そしたら、お互いに気に入ってな」

「それはよござい ました」

「うむ。相手は商家のひとり娘だ」

「では、壻に？」

「そうだ。新八もいつまでも密偵をやらせているわけにはいかないからな。新八なら商人も立派に務まる」

「そうですね」

栄次郎も安心したように言った。

それから、栄次郎は大番屋に行った。

木戸松次郎の姿はなかったが、勘助がいた。仮牢に清吉がいた。

「まだ、清吉さんはいたのですね」

栄次郎はきいた。

「昨夜、遅くまで清吉を取調べた。自分がやったと言い張っていた。だから、念のために一晩経ってから改めてきいた。清吉の言い分は変わらなかった。今、旦那が入牢証文をとりに行った」

勘助がため息混じりに言う。

松次郎は慎重に取調べをしてくれたようだ。それでも、清吉の気持ちは変わらなかったようだ。

こうなっては、清吉を下手人とする以外にはないだろう。

栄次郎は奥に行き、仮牢にいる清吉を見た。正座をし、壁の一点を見つめていた。

清吉の脳裏に去来するものは何か。おそめとの楽しかった日々だろうか。

栄次郎はいたたまれずに大番屋を飛び出した。

四

栄次郎は駒形町に向かった。

『守田屋』の店先に立ち、店番の若い男に声をかけた。

「旦那さんを呼んでいただきたいのですが」

「はい。少々、お待ちください」

男は奥に向かった。

待つほどのこともなく、安蔵が出て来た。

栄次郎の顔を見て眉根を寄せた。

「まだ何か」

安蔵が不機嫌そうにきいた。

「いえ、ちょっと清吉さんから言伝てを頼まれましたので」

「どうせ、厭味なんでしょう。聞きたくないですな」

安蔵は突っぱねるように言う。

「そうじゃありません。清吉さん、すべて自白しました」

「…………」

「昨日、突然自白しました。五年前も今回も自分の仕業だとはっきり言いました。きょう、改めて小伝馬町の牢屋敷に送られるようです」

「清吉が認めたというのか」

安蔵が喉に引っ掛かったような声できいた。

「そうです。清吉さんは欽三殺しと八十吉殺しを認めました」

「…………」

栄次郎は声を潜め、

「あなたが捕まれば、おそめさんと子どもが不幸になります。清吉さんはおそめさんを守りたかったようです。だから、あなたの身代わりになる覚悟を決めたのでしょう」

「…………」

「それで、私に言伝てを、あなたとおそめさんに」

元のような声で、栄次郎は言い、

「遠くからお仕合わせを祈っているそうです。おわかりだと思いますが、遠くからというのは死罪になる身ですから、あの世から仕合わせを祈っているということです」

「…………」

そのとき、店の裏で物音がした。

そして、よろけるようにおそめが出て来た。

「今のお話、ほんとうですか」

「はい。清吉さんは八十吉を殺したことと五年前の欽三殺しを自白しました。それで、おそめさんと安蔵さんに言伝てを。遠くからお仕合わせを祈っているということです」

「ほんとうに清吉さんが八十吉を？」

おそめが絞り出すように言う。

「清吉さんはそう自白しました。清吉さんなりに考えて決めたことだと思います。これが最善の考えだと思ったのでしょう」

栄次郎は曖昧《あいまい》に言う。

「どうか、清吉さんの思いを胸に、お仕合わせになってください」

栄次郎はふたりに挨拶をして『守田屋』をあとにした。

それから、大番屋に戻った。

すでに、木戸松次郎は戻っていたが、清吉はまだ仮牢にいた。

「間に合いました」

栄次郎はほっとした。

小伝馬町の牢屋敷に向かう清吉を見送ってやりたいと思ったのだ。

「まだですかえ」

勘助が松次郎にきく。

「うむ」

松次郎は唸るだけだ。

「どうしたのですか」

栄次郎はきいた。

「せっかく入牢証文をとってきたのに、旦那はなかなか連れて行こうとしないんですよ」

勘助が顔をしかめて言う。

「どうも気が重い」

松次郎が呟く。

「なぜですか」

栄次郎はきいた。

「どうもしっくりこないのだ」

「旦那は清吉の自白が信じられないそうです」

勘助が口許を歪めた。

「そうですか。しかし、清吉ではないとしたら誰ですか。安蔵ですか。でも、安蔵は否定しています」

「矢内どのは清吉は無実で、安蔵を疑っていたのではないのか」

松次郎が鋭い声できく。

「はい、今でもそう思っています。しかし、清吉さんが自白をした意味は大きいと思います。いくら、安蔵を疑っても証はないのです。残念ながら、清吉さんの思いを尊重するしかありません」

栄次郎は思わず呟いた。

「旦那、どうしますね」

勘助がきいた。

「今から小伝馬町の牢屋敷に行っても牢に入るのは夕方だ。だったら、それまでに連れて行けばいい」

松次郎は応じる。

「いくら待っても、清吉は決意を変えませんぜ」

「うむ」

松次郎は唸ってから、

「まあ、夕方まで待とう」

と、言った。

松次郎も、清吉を無実だと思いはじめているのだ。だが、清吉の自白の前にはどうすることも出来ない。清吉の自白を覆《くつがえ》す証はないからだ。

「私は清吉さんを見送りたいのでここに残っていてよろしいですか」

栄次郎は頼んだ。

「構わない」

松次郎は答える。

清吉を見送ってやる。清吉の選んだ道が決して正しいとは思えないが、好きな女とその子のために無実の罪を背負って行こうとする清吉へ、自分に出来るせめてもの敬意の払い方だ。

松次郎も勘助も妙に口数が少なかった。ときたま、仮牢に行き、清吉に声をかけていたのは清吉の翻意を期待してのことかもしれなかった。

だが、清吉の心が変わるはずないと思っている。好きな女のために命を懸ける。その思いだけで清吉は満足なのだ。

時はいっきに進み、陽がかげってきた。

松次郎がやりきれないようにため息をついてから立ち上がった。

「清吉を連れ出せ」

「へい」

勘助が仮牢から清吉を連れてきた。

「清吉、考えは変わらぬか」

松次郎が未練がましくきいた。

「へい。あっしがやったことに間違いありません」

清吉は悟りきったように言いきった。

「そうか。では、これからそなたを小伝馬町の牢屋敷に連れて行く」

松次郎は厳しく言う。

「わかりました」

栄次郎は清吉に声をかけようとして思い止まった。もはや覚悟を固めている清吉にかける言葉が見出せなかった。

そのとき、戸が開いて冷たい風が吹き込んだ。

戸口を見て、栄次郎はあっと声を上げそうになった。

そこに安蔵が立っていた。

「守田屋、どうしたのだ？」

勘助が訝しげにきいた。

「奉行所に行こうと思ったのですが、念のためにここに」

安蔵は強張った顔で言い、栄次郎に向かい、

「矢内さま。先ほどは失礼しました。おそめにもすべて話し、お店のことも義父《ちち》にあとを託してきました」

と、口にした。

「どういうことだ？」

松次郎が鋭くきく。

安蔵は松次郎の正面に立ち、

「旦那、親分。お騒がせいたしました。八十吉を殺したのはこの私でございます。そして、五年前に欽三を殺したのも私です」

安蔵が絞り出すように口にした。

「安蔵兄い。なにを言い出すんだ。あっしを助けようとそんな嘘を」

清吉が莚の上に座ったまま叫んだ。

「清吉。すまなかった。俺がみんな悪いんだ。もとはといえば俺の嫉妬がいけねえんだ。おそめと所帯を持とうとするおめえに、俺は嫉妬していたんだ。だから、欽三がよこやりを入れてきたときは、内心では小気味いいと思っていたんだ。俺はそんな情けねえ男だった」

安蔵が自嘲して言う。

「兄い」

「おめえが欽三を怪我させたとき、俺に悪智恵が働いたんだ。これで、おめえを江戸から追い払うことが出来る。そう思って、おめえを上州にすぐに逃がしたんだ。そのあとで、欽三が息を吹き返したのだ。そのとき、こいつを生かしちゃおけないと思い、気がついたときには、石を拾っていた……」

安蔵は熱に浮かされたように続ける。

「欽三の頭を目掛けて殴ったあとに八十吉がやって来た。俺が殴ったところを見ていたんだ。それから、俺はそのことでずっと八十吉に強請られてきたんだ。五年経って、このままでは八十吉に骨の髄までしゃぶられると思っていたとき、房吉って男が八十吉を殺そうとしていることを知った。いろいろ手を貸してやったが、失敗した。だから、今度は自分の手でやらねばならないと思ったんだ。それで、おめえを利用しようとしたんだ。すまねえ、八十吉から逃れたいばかりに」

「俺が江戸に帰ってきたことを『江戸屋』の連中に知らせたのは安蔵兄いだったのか」

清吉は力なくきく。

「そうだ。八十吉を通してだ」

「俺の根付は？」

「真崎稲荷で拾った。おめえは落としたことに気づかなかった。あの根付、覚えているか。いぜんに伝助親方が俺とおめえに買ってくれたお揃いのものだ。だから、すぐおまえが落としたのだとわかった」

「そうだったな。親方に買ってもらったんだ。早く、おめえも安蔵のような瓦職人になれと言ってお揃いをくれたんだ」

清吉が目を細めて言う。

「それをおめえをはめるために三味線堀に落としたんだ。とんだ罰当たりだ」

安蔵は自分を責めた。

「すべて思いどおりに行ったはずなのに、俺は心が弾まなかった。おめえをはめたことも、八十吉を殺したことも俺を苦しめたが、それ以上におそめの顔を見るのが辛かった。汚れた手で子どもを抱くことも出来なくなった。そんなときに矢内さまから鋭く問い詰められた。強気で突っぱねたが、もう心はぼろぼろだった」

安蔵は木戸松次郎と勘助の顔を交互に見て、

「どうぞ、私をお縄に」

と、腕を差し出す。

「安蔵兄い、残されたおそめさんと子どもはどうするんだ？」

清吉が訴える。

「ひとの命を奪った俺には子どもを育てて行くことなど出来やしねえ。清吉、おめえは間違っている。おそめと子どものためを思うならひと殺しの俺じゃだめなんだ」

「でも、罪を悔い改め、ひとは生まれ変わることが出来る」

清吉が訴える。

「いや。罪を償わないまま生まれ変わることは出来やしねえ。じつは、おそめとは離縁してきた」

「離縁……」

清吉が目を剝いた。

「そうだ。もう俺とおそめは他人だ」

そう言ってから、安蔵は清吉の前にしゃがみ、

「清吉。頼みがある。俺に代わって、おそめと子どもの面倒を見てやってくれないか。こんな頼みが出来るのはおめえしかいないんだ。俺はもう二度とふたりと暮らすことは出来ないのだ。おめえに託すしかないんだ」

「兄い」

清吉は込み上げてくるものがあったのか、声を詰まらせた。

「頼んだぜ。それから、ここを出たら、『守田屋』に行くんだ。おめえの部屋を用意してある」

「俺の部屋？」

「そうだ、今から瓦職人に戻るのは難しかろう。おまえには『守田屋』でやり直してもらいてえ。いや、おまえの手で、俺のせいでこれから失うであろう『守田屋』を再興をしてもらいたい」

「兄い」

「頼んだぜ」

安蔵は立ち上がって、

「旦那、お願いいたします」

と、松次郎の前に立ち、腕を差し出した。

「清吉、今の安蔵の告白を聞いて、どうなんだ？　自分の自白を取り消すな」

「…………」

「清吉、どうなんだ」

松次郎が怒鳴るようにしてきいた。

「あっしは……」

「取り消すんだな」

「へえ」

清吉はうなだれた。

栄次郎はそっと戸口に向かい外に出た。もう辺りは暗くなっていた。栄次郎の足は『江戸屋』に向かっていた。

五

その夜、清吉は木戸松次郎に懇願し、大番屋の仮牢に留めてもらい、安蔵とともに過ごした。

松次郎が大目に見てくれたのも安蔵の取調べが順調に済んだこともあるが、清吉と安蔵の関係から温情を示してくれたのだ。

「おそめはおめえのことを忘れてはいないんだ。隠しているが、俺にはよくわかる。俺はこの五年、おそめが笑った顔を見たことはない、俺といっしょにいても心ここにあらずのときがよくあった」

　安蔵は壁に寄りかかって話す。

「おめえが江戸に戻ったと知ったときから、あいつの顔から柔らかみが消えた。おめえのことを思っているとき、あいつの顔は険しくなるのだ」

「兄い」

「そんな顔をしないでいい。俺だっておそめには仕合わせになってもらいてえ。そのためにも俺よりもおまえのほうがいいのだ」

　安蔵は寂しそうな目をしたが、口許には笑みを浮かべ、

「いずれは、子どもの父親になってやってくれねえか。俺が出来なかったぶん、俺に代わって子どもを可愛がってやってくれ」

「………」

「清吉、頼んだ」

「でも、兄いのことを考えたら……」

「俺のことは考えないでいい。俺は死罪を覚悟している。よくても遠島だ。元の暮しには戻れねえのはわかっているのだ」

　安蔵は言い切った。

「安蔵兄い、よく平気でいられるな。怖くないのか」

清吉は悟ったような安蔵が不思議だった。

「平気じゃねえ、怖いさ。そういうおめえだって、俺の身代わりで罪を受けようとしたじゃねえか」

「俺は……」

「なんだ？」

「俺はおそめさんのために死のうと思ったんだ。おそめさんのためなら死ねると」

「俺もそうだ。俺もおそめのためにはおめえのほうが……」

安蔵はふいに嗚咽《おえつ》を漏らした。

清吉は胸を衝かれた。俺と同じだ。おそめのためにという思いが死への恐怖に立ち向かわせているだけだ。


翌朝、安蔵は小伝馬町の牢屋敷に送られることになった。昨夜のうちに、松次郎は新たな入牢証文をとってきていた。

「清吉、おそめは心細く怯えているかもしれない。早く、おそめのところに行ってやってくれ」

仮牢の中で、安蔵が言った。

「清吉、今生《こんじょう》の別れだ。あとは頼んだ」

「兄い」

「さあ、早く行け」

「わかった」

清吉は大番屋を出て、駒形町まで走った。

『守田屋』に辿り着いたが、大戸はしまったままだ。今日は店を開けられないのだろう。

清吉は家人用の戸口に行き、戸を開けた。

「ごめんください」

土間に入って声をかける。家の中は静まり返っていた。

やがて、おそめが出て来た。

「清吉さん」

「安蔵兄いのおかげで自由の身になりました」

「よかった……」

「へえ。でも、安蔵兄いが……」

「あのひとはどうしていますか」

「昨夜、大番屋でじっくり一晩語り明かしました。この五年間、罪の意識に苛まれていたようです。その苦しみから解き放たれて楽になったのか、とても穏やかな顔になっていました」

「そうですか」

おそめは気づいたように、

「どうぞ、お上がりください」

と、勧めた。

「その前に、『江戸屋』に行き、ご挨拶をしてきます」

清吉はおそめに言い、『江戸屋』に向かった。

『江戸屋』に行くと、目の色を変えて自分を追っていた奉公人はすんなり清吉を欽之助のところに案内してくれた。

娘のお糸の手を借りて、欽之助はふとんの上に半身を起こして、

「おまえさんが清吉さんか」

と、声をかけた。

「はい、清吉にございます。いろいろ御迷惑をおかけして……」

「うむ。おまえさんも大変だったな」

欽之助の態度は柔らかかった。不思議に思っていると、欽之助が続けた。

「昨夜、矢内さまからみんな聞いた」

「矢内さまから？」

「うむ。五年前に何があったのか。もとはといえば、欽三がいけないんだ。おそめさんに横恋慕《よこれんぼ》しやがって。欽三を殺したのがおまえさんだと言われ、それを信じちまった。まさか、八十吉と安蔵にそんな企みがあったとはな」

欽之助は苦い顔をして、

「罪もねえおまえさんを追い続けてすまなかった。このとおりだ。勘弁してくれ」

「どうぞ、お顔を上げてください」

清吉はあわてて言う。

「矢内さまから聞いた。安蔵からおそめさんと子ども、そして『守田屋』を守ってくれと頼まれたそうだな。『江戸屋』もおめえさんを応援するぜ」

「ありがとうございます。それからお願いがあるのですが」

「なんだ？」

「欽三さんのお墓参りをさせていただきたいのですが」

「そうか、おまえさんが来たと知ったら欽三も喜ぶだろう。ぜひ、行ってやってくれ」

「はい。その前に仏前にお線香を」

「わかった。お糸、案内を」

「はい。どうぞ」

清吉はお糸に案内されて仏間に行き、欽三の位牌に手を合わせた。

それから『守田屋』に戻ると、栄次郎がやって来たと、おそめが言い、

「作造さんは本郷の紙問屋の『最上屋《もがみや》』にいるということです」

と、伝えた。

「なにからなにまで……」

栄次郎に感謝してもしきれなかった。清吉はまるで目の前に栄次郎がいるように頭を深々と下げた。

清吉は休む間もなく、本郷に向かった。

紙問屋の『最上屋』は大きな漆喰《しっくい》の土蔵造りの屋敷だ。この店の離れにでもまた厄介になっているのだろうと、裏口で女中が出て来るのを待った。

幸いなことに、すぐ女中が出て来た。

作造の名を出すと、すぐに女中は清吉を中に引き入れ、庭を通って母家に向かった。

そして、濡縁から上がるように言い、障子を開けて部屋に招じた。

「お待ちください。私は作造というひとに会いに来たのです」

「はい。すぐまいりますので」

女中は部屋を出て行った。

女中は勘違いしているのかもしれない。この店に作造と同じ名の人物がいるのではないか。

やがて、襖が開いて品のいい年寄りが入ってきた。やはり、ひと違いだと思ったとき、清吉は顔を見てあっと声を上げた。

「作造さん」

「清吉さん。待っていたよ」

「えっ？」

「ちょっと前に矢内さまがお見えになってね。みな聞いた。よかったではないか」

「矢内さまはどうして作造さんの行方がわかったのですか」

「わしがよく行っていた稲荷町の質屋で聞いたそうだ。よく来てくれた」

「作造さんはここの？」

清吉は訝ってきく。

「ここはわしの店だった。何年か前に伜に身代を譲り、隠居した。連れ合いを亡くしてから、気ままなひとり暮しをしていたのだ。ひとり暮らしに飽きてきたとき、偶然に清吉さんと出会ったというわけだ」

「…………」

「伜が帰って来いというので、薪炭屋の離れを追い出されたのを機に、ここに帰って来たんだ」

「そうだったんですか。作造さんにはいろいろお世話になって」

「いや、おまえさんと出会って楽しかったよ。きょうはゆっくりしていっておくれ」

こんなに早く作造と再会出来たのも栄次郎のおかげだ。矢内さま、ありがとうございますと、清吉は心の中で手を合わせていた。

夕陽が沈もうとしていた。栄次郎は兄とともに小石川《こいしかわ》にある最長寺の庫裏《くり》から渡り廊下でつながった離れ座敷にいた。

目の前に、旗本の大城清十郎が端然と座っている。

「さて、栄之進どのと娘美津とのことであるが、そなたから縁組を辞退したいという話があった。岩井文兵衛どのから事情を聞き、驚いたのだ」

「おそれいります」

兄栄之進が平伏する。

「確かに、家格の違いから異を唱える者がたくさんいるのも事実だ。美津は矢内家に嫁ぐことを望んでおる。わしもそれを受け入れた。その理由が気になるのは無理もない。そこで、我らの真意を聞いてもらい、その上で縁組をどうするか決めてもらいたい」

「畏まりました」

兄は恐縮して答える。栄次郎も頭を下げる。

「栄次郎どののことはよく存じあげている。だが、だから、娘を嫁がせようとしたわけではない」

清十郎が言い、

「じつは、窮余《きゅうよ》の策であったのだ」

「窮余の策とは？」

思わず栄次郎が口をはさんだ。

「美津には何家からも嫁にという話がある。それは喜ぶべきことだが、その中から一家を選ぶのが問題なのだ。選んだ理由に勝手な詮索が行なわれるかもしれない。断られた家との関係が悪くなることも考えられる。ならば、いっそそういった家とはかけ離れた小身の家にと思い、岩井文兵衛どのに相談をした。そこで、矢内栄之進どのに白刃の矢を立てたというわけだ」

「つまり棚ぼたで私に？」

栄之進がきいた。

「さぞかし、不快であろう」

「いえ、仮にどのような形であれ、美津どのを嫁に出来るならば……。あっ、失礼しました」

兄はあわてて答える。

栄次郎も苦笑した。やはり、兄は美津を気に入っているのだ。

「そう思ってもらえるか」

「はい」

「矢内家との縁組を栄次郎どのの出生の秘密と絡め、栄次郎どのに襲いかかった不届き者がいたことは誠に遺憾だ」

「いえ、なんとも思っていません。兄も私もこの縁組を成り立たせたいと願っております。どうぞ、よろしくお願いいたします」

「よく言ってくれた。では、この話を進めさせていただく」

「はっ」

栄之進は再び平伏した。

兄のうれしそうな顔を見て、栄次郎も仕合わせな気持ちになっていた。と、次の瞬間、清吉と安蔵の顔が交互に浮かんだ。

安蔵は死罪を免れないだろう。栄次郎の心は仕合わせな気分と苦い思いが混じり合って、不思議な心持ちになっていた。

時代小説
二見時代小説文庫

致命傷《ちめいしょう》　栄次郎江戸暦《えいじろうえどごよみ》 23

著者　小杉健治《こすぎけんじ》

発行所　株式会社　二見書房
東京都千代田区神田三崎町二－一八－一一
電話　〇三－三五一五－二三一一［営業］
　　　〇三－三五一五－二三一三［編集］
振替　〇〇一七〇－四－二六三九

印刷　株式会社　堀内印刷所
製本　株式会社　村上製本所

落丁・乱丁本はお取り替えいたします。
定価は、カバーに表示してあります。

 ISBN978-4-576-20010-1
https://www.futami.co.jp/

小杉健治

栄次郎江戸暦

シリーズ

田宮流抜刀術の達人で三味線の名手、矢内栄次郎が闇を裂く！吉川英治賞作家が贈る人気シリーズ

以下続刊

①栄次郎江戸暦　浮世唄三味線侍
②間合い
③見切り
④残心
⑤なみだ旅
⑥春情の剣
⑦神田川斬殺始末
⑧明烏《あけがらす》の女
⑨火盗改めの辻
⑩大川端密会宿
⑪秘剣 音無し
⑫永代橋哀歌

⑬老剣客
⑭空蝉《うつせみ》の刻《とき》
⑮涙雨の刻《とき》
⑯闇仕合（上）
⑰闇仕合（下）
⑱微笑み返し
⑲影なき刺客
⑳辻斬りの始末
㉑赤い布の盗賊
㉒見えない敵
㉓致命傷

二見時代小説文庫

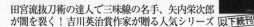

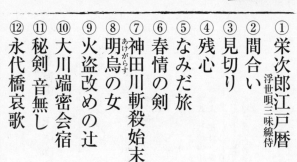